U0457424

铁人Q

〔日〕江户川乱步　著

叶荣鼎　译

山东画报出版社

译者序

红极一时的日本动漫《名侦探柯南》的作者漫画家青山刚昌，孩提时代曾是江户川乱步的超级追星族，他笔下的主人公江户川柯南的姓就取自日本推理文学鼻祖江户川乱步，名则取自英国的柯南·道尔。

日本作家历来都有用笔名的传统，江户川乱步本名平井太郎，早年就读于早稻田大学经济学专业，江户川就在早稻田大学旁边。巧合的是，"江户川"的日式英语发音"edogawa（爱多嘎娃）"，与"Edgar a-（埃德加·爱）"的发音极其相似；

"乱步"的日式英语发音"ranpo（兰波）"，与
"llan Poe（伦·坡）"的发音又十分相近，故而决
定以"江户川乱步"为笔名。从此，这个名字陪他
度过了四十年推理文学创作生涯，也成为日本推理
文学史上不可逾越的高峰。

1923年，乱步在《新青年》杂志上发表处女作
《二钱铜币》，引发轰动。当时的编者按这样写道：
"我们经常这样说，《新青年》杂志上总有一天将刊登
本国作者创作的侦探小说，并且远远高于欧美侦探
小说的创作水平。今天，我们终于盼来了这一兴奋
时刻。《二钱铜币》果然不负众望，博采外国作品之
长，水平遥遥领先于外国名作。我们深信，广大读
者看了这篇小说后一定会深以为然，拍案叫绝。作
者是谁？是首位登上日本侦探文坛的江户川乱步。"

1925年，乱步发表小说《D坂杀人事件》，成功
塑造了日本推理文学史上的第一位名侦探——明智小
五郎。其后，他又陆续创作了《怪盗二十面相》《少
年侦探团》等脍炙人口的作品，其中的"怪盗二十
面相""少年侦探团"等角色已经突破了类型文学的

束缚，成为世界文学史上的典型形象，先后多次被搬上各种舞台，改编成各种各样的影视、动漫作品。

第二次世界大战爆发后，江户川乱步因作品被禁止出版，投笔抗议，公开发表《作者的话》："我撰写的小说主要是把侦探、推理、探险、幻想和魔术结合在一起，让读者富有想象力和创造力。人类必须怀有伟大的梦想，经过不断的努力，才会创造出伟大的时代。没有梦想，没有幻想，就没有科学。历史已经证明，科学的进步多取决于天才的幻想和不懈努力。科学进步了，人民才会过上好日子。可是今天的战争，毁掉了科学，毁掉了人民的梦想，日本人民将会被一个不剩地当作炮灰，却还是避免不了失败的结局。"

1947年，日本侦探作家俱乐部成立，乱步被推举为主席。俱乐部在1963年改组为日本推理作家协会，至今仍是日本最权威的推理作家机构。1954年，乱步在六十大寿之际，个人出资100万日元，设立"江户川乱步奖"，用以激励年轻作家。在之后的半个多世纪里，以东野圭吾为代表的一大批优秀的日本推理文学作家通过这个奖项脱颖而出，他们的成绩也使得"江户川乱步奖"成为日本推理文坛最权威的大奖。

1961年，为表彰乱步在推理文学界的杰出贡献，日本政府为其颁发"紫绶褒勋章"（授予学术、艺术、运动领域中贡献卓著的人）。1965年，乱步突发脑出血去世，获赠正五位勋三等瑞宝章。为纪念乱步，名张市建有"江户川乱步纪念碑"与"江户川乱步纪念馆"，丰岛区设有"江户川乱步文学馆"，供日本与世界的爱好者与学者瞻仰和研究。

《江户川乱步全集》作为乱步作品之集大成者，先后出版了多个版本，加印数十次，总印数超过一亿册，迄今已有英、法、德、俄、中五大语种版本问世。衷心希望诸位读者能够通过这一版的中文译本，回望日本推理文学的滥觞，领略一代文学大家的风采。

是为序。

2021年元旦于上海虹桥东华美寓所

目 录

奇怪的老头

　　北见菊雄是小学四年级学生，家住东京市丰岛区。他家附近有一个小型公园，公园中心有一大片绿草坪，北见经常与同学到那里打棒球。

　　有一个奇怪的老爷爷，也经常光顾公园，他一到公园，便悠闲地坐在长板凳上。白发苍苍的脑袋上戴着一顶贝雷帽，身穿灰色西服，鼻梁上架着一副宽边大眼镜，下巴长着一大堆白花花的胡子。

　　也不知从什么时候起，北见等人与这位老爷爷结成了忘年之交。老爷爷常跟他们讲一些有趣的故事，逗得他们哈哈大笑。

老爷爷像是个万事通，比学校里的老师还要见多识广。

"我不仅是科学家，还是发明家呢，我正在研究一项大发明，说出来一定会把你们吓得晚上睡不着觉，嘿！就连大人听了也会大吃一惊，等到发明成功的时候，我请你们观看。"

老爷爷说这番话时，那张满是皱纹的脸上堆满了笑容。

"那，那是什么样的发明？能否说给我们听听？"

少年们试图探个究竟，可老爷爷似乎并不愿意马上就公开这项发明的大致情况。

"这个，现在还不能说，属于我的个人隐私。当然，发明出来的东西是前所未有的，一旦公布于众，无论哪个国家的科学家都会佩服得五体投地。"

每次与少年们相见，老爷爷总要说上这么几句挑逗的话。可到底发明了什么，他则守口如瓶，久而久之，少年们觉得再问也是白搭，也就干脆不问了。后来，老爷爷再提这事时，少年们早已没了兴趣，而是故意转向别的话题。

在少年们中间，唯独北见菊雄对这事感兴趣，一直惦记着老爷爷那神秘的发明，总希望有朝一日能亲眼看到。

有一天，同学们打完棒球早早地回家去了，草地上，只留下北见菊雄。他独自一人玩耍了一会儿，慢慢地朝公园门口走去，打算回家。这时候，坐在长板凳上的老爷爷笑眯眯地望着他，主动搭讪。

"小弟弟，到这里来坐一会儿。"

"您好，老爷爷，您上次说的那项发明已经成功了吧？"

北见走到老爷爷跟前问道。老爷爷脸上露出比平时还要和蔼可亲的表情。

"是的，已经成功了！我的这项重大发明终于成功了。小弟弟，你叫北见吧，看得出来，你是最关心我这项发明的人。为了表示感谢，我打算优先让你看这项发明。"

听老爷爷这么一说，北见喜出望外，心里暖暖的。

"哇，太好了！去哪里看呀？"

"去我家里。"

"老爷爷，您府上在哪里？"

"距离这儿不远，就五百米左右，你真想去看吗？"

"呵，就这么近呀！那……您真让我去看吗？"

"当然让你看！走吧，现在就上我家去。"

说完，一老一少走出公园门口，穿过大街，朝宁静的住宅街方向走去。

一路上，连续拐了好几个弯，走完大约五百米的路程，老爷爷停下了脚步。

"就是那里。"

街道左侧，是一望无际的水泥混凝土围墙，围墙里边的别墅都十分宽敞。街道右侧，是一大片绿色的草地。老爷爷的旧别墅，欧式风格，孤零零地坐落在这片偌大的草地里。

"那就是我的家！"

老爷爷牵着北见的手行走在没有道路的草丛里，快步朝着别墅走去。

他俩来到大门口，老爷爷从口袋里掏出钥匙打开门上的锁，朝别墅里边走去。别墅房间的窗孔不大，加上防雨的木制窗门紧闭着，里面什么也看不清楚。

老爷爷稍稍用力攥着北见的手，三步并作两步地朝昏暗的纵深处走去。

沿着走廊拐了一个弯后，老爷爷打开走廊右侧的房门。这房间面积不小，排列着许许多多的东西。

啪！灯亮了，是一盏戴着大灯罩的电灯，灯罩下的灯光不大亮，周围很昏暗。

虽说光线不亮，但房间里的一切大致能看清楚。老爷爷说自己是科学家，粗看上去，这房间也确实有点像老爷爷说的那样，洋溢着科学研究的氛围。

配电盘很大，上面布满了开关和按钮。靠墙的地面上，各种形状的玻璃试验管挤在一起。宽大的长方形工作台上，放着各种形状的玻璃瓶，还放着许多不知名的仪器。

北见环视了一下这个奇怪的房间。忽然，他察觉对面墙角站立着一个似人非人的东西，紧张得心都快要蹦出喉咙了。他一把抓住老爷爷的手腕，整个身体与老爷爷紧紧地靠在一起。

"站……站在那里的是什么人？"

北见全身直打哆嗦。

"嘻嘻嘻，"老爷爷扑哧笑了，"那就是我的大发明，叫铁人！"

老爷爷的回答，让北见感到害怕。

"叫……叫铁人？"

"铁人还有一个称呼，叫机器人，也就是说全身都是用铁制作的。"

北见参观过机器人，略知道它的制造结构和作用。可墙角那儿的机器人，与博物馆里的机器人截然不同。通常，机器人的脸形呈正方形，可眼前这个机器人的脸形，酷似一张真正的人脸。白净的脸上，有鼻子，有眼睛，还有嘴巴。瞧它那对眼睛，还炯炯有神，目不斜视地紧盯着北见。

"嘻嘻嘻……北见，虽说它也叫机器人，可与博物馆里见到的机器人不同。博物馆里的那些机器人，没有什么可以值得稀罕的，到东到西都能见到。可我发明的机器人，与我们人类完全一样！行动自如，说话流利。总之，人身上具备什么功能，它就有什么功能。为此，我给它取名为'铁人'，以区别于那些普通的机器人。"

北见听完老爷爷不可思议的讲解，全身颤抖得更加厉害了。

"铁人的动力是依靠内藏的机械？"

"嗯，是依靠机械，可它与普通机器人内藏的机械有着本质上的区别。因为，它是我发明的。这家伙还有属于自己的名字呢！叫Q。哈哈哈……瞧你脸上这奇怪的表情，难道不知道英语字母里的Q吗？当然，这名字是我给它起的，念起来又响亮又上口。好了，现在我把它喊过来，请北见睁大眼睛看着哟！Q，听我的命令，站到这边来！"

老爷爷话音刚落，墙角那儿传来齿轮转动的声音。只见铁人Q正一步一步地朝这边走来，脸上的表情十分严肃。

它走到老爷爷跟前，笔直地站着，随后鞠躬行礼。它弯腰时，从身体里传出咕噜咕噜的响声。

"瞧它全身，都是清一色的好铁。它穿的西服和鞋子，与人的穿戴一样。它这张脸是绘制在铁上的。"

老爷爷说完，弯曲食指和中指的关节，在铁人Q的脸上敲打了好几下。

硬邦邦的，似乎非常坚硬。

机器人Q的脸上涂的色彩十分逼真，与人一模一样的肉色。耳朵、嘴巴、鼻子、眼睛和眉毛，都栩栩如生。

"它既能眨眼睛也能张开嘴巴。Q，眨一下眼睛给北见看看！"

于是，铁人Q的上下眼皮有节奏地干起"架"来。

"Q，随便说两句，你叫什么名字？"

于是，铁人Q脸上涂过口红的上下嘴唇，一开一闭地说起话来。

"我叫Q。"

声音嗡嗡作响，仿佛电话里传出来的。铁人Q的肚子里，说不定装着录音机。此刻，那架录音机也许正在一边转动一边放音。

北见惊恐万状，十分害怕。

恩将仇报

"你这么吃惊干什么？我告诉你，像这种酷似人类的机器人，就是走遍世界各地也难以寻觅。为了这项发明，我整整花去了漫长的五十年时间。"

老爷爷说到这里鼻子哼了一声，十分得意的神情。

北见惊呆了。

在北见的心目中，老爷爷的形象开始高大起来，宛如天上的神仙那般伟大。

"老爷爷，铁人Q除了能说话和会走路以外，还会些什么？"

"什么都会，这家伙有思维能力，而且智慧超群。不仅如此，它还会写字、看书和做数学题，说不定，它的数学水平比你还要高！"

"什么？它会做数学题？真的吗？"

"当然是真的，怎么样？让它与你比赛做一道乘法计算题。这里有纸和笔，数学比赛就开始吧！"

老爷爷说完，把纸和笔放在桌子上。可纸只有一张，笔也只有一支，北见感到茫然不知所措。他不可思议地看着老爷爷，好像在说，最好再拿一张纸给铁人Q。老爷爷仿佛看出了北见的心事。

"Q不需要纸和笔，心算就行了。人计算数学题没有纸和笔，确实很不方便。"

等到北见拿起笔来，老爷爷出了一道数学题。

"准备好了吗？Q。北见，你也听好了哟！五千二百七十六，乘上三十八等于多少？竞赛现在开始！看谁回答得快，谁的答案最正确。"

话音刚落，铁人Q那红红的嘴唇动了，又发出酷似电话里的那种声音。

"答案是，二、〇、〇、四、八、八。"

"好。北见的答案呢，怎么还没有计算出来？"

"嗯，再等一等。"

北见先在纸上列出计算公式，再一步一步计算，答案终于出来了。

"嗯……是二十万零四百八十八。"

"好，双方的答案都是正确的。不过，北见回答时比Q稍稍迟了一分钟。因此，获胜者应该是Q。哈哈哈……怎么样？我发明的铁人Q，脑袋瓜的聪明程度超过人类吧！

北见惊愕无语，他突然觉得眼前的铁制怪物简直像魔鬼！

"这算不上什么，它还掌握着更厉害的本领呢。接下来再试它什么呢？哦，对了，让它下将棋。Q的下棋水平非常了不得，它常与我对弈，有时候赢，有时候输。好，让你开开眼界！"

老爷爷从房间角落里端来棋盘和棋子，放在铁人Q面前的桌子上。他示意Q坐下，自己则坐在对面的椅子上。

"Q最喜欢下将棋，赢棋的时候会笑得合不拢嘴。相反，输棋的时候会耷拉着脑袋，满脸无精打采的样子。有时候，它竟然瞪起眼珠子怒视着我，嘴里一声不吭，还真让我感到可怕呢。今天还不知道谁是赢家呢？Q，好好地下。"

老爷爷按照规定，帮助Q把棋子排列在棋盘上。

"好，Q，今天你先开局，因为前两盘你都输给我了。"

紧接着，人与机械之间的"将棋较量"拉开了序幕。

北见站在棋盘旁边，目不转睛地注视着棋盘上的厮杀。

起初，老爷爷一边开玩笑一边漫不经心地移动棋子。随着棋盘上的风云突变，老爷爷的上下嘴唇抿得越来越紧，全神贯注地看着棋盘上呈胶着状态的局势。他的右手不停地拨弄着棋子，棋子磨擦的声音在光线暗淡的房间里回荡。

铁人Q脸上的表情，显得更认真更紧张了，身体一动不动，目光紧紧地盯着棋盘。看着它那一丝不苟的神情，一股莫名的恐惧在北见的心里油然而生。

他猛地抬起头看了一眼背后，窗外的黄昏即将过去，天色暗了下来，大树在剧烈摇晃，枝叶在哗哗作响，起风了。

该回家了，可他还是希望能看到这盘棋决出胜负再离开。到底谁是赢家呢？老爷爷究竟采用了什么方法，使得铁制木偶人的棋艺变得如此高超呢？

北见也喜欢将棋，曾经跟小学里的同学对弈过，可至今还没有与大人较量过。当然，自己的棋艺还够不上与大人对弈的资格。将棋，并不是轻易就能学会的，可这么难学的将棋，到了铁人Q手里，居然变得如此得心应手。铁人Q的脑瓜子，究竟聪明到什么程度？它为什么会有这么高超的智慧？

北见一个劲地琢磨着，还是悟不出其中的道理，他将房间里的恐怖氛围忘得一干二净。他的视线紧跟着双方的棋子在棋盘上移动，仿佛被高深莫测的魔力深深地吸引住了，两只脚似乎被牢牢地钉在地面上，怎么也迈不开步子。

呼，呼……窗外传来狂风大作的呼啸声，好像刮起了大风。

天色更暗了，大树被刮得几乎趴在了地上，陈旧的欧式别墅，在凶猛的狂风中发出令人作呕的响声。

很快，房间里变得昏昏暗暗的，将棋的棋子也已经模糊不清了，老爷爷似乎忘记了打开房间里的另外两盏电灯。

棋盘上的局势，似乎有利于老爷爷。老爷爷俘虏了对方的许多棋子，将它们呈一字形排列在棋盘框的外边。

铁人Q一方的棋盘框外边，只放着两个棋子，也就是说它只俘虏了老爷爷的两个棋子。形势明朗的棋盘上，Q的"国王棋子"被追赶着逃到了正中间，危在旦夕。此时此刻，Q那张使用颜料绘制的脸上，变得更加苍白无力。那对使用塑料制成的眼睛变得通红，仿佛布满了网一般的血丝。

啪！老爷爷乘胜追击，将棋子又向前冲了一

步。突然，铁人Q的肩膀猛地晃了一下。

"呜，呜，呜……"

它发出垂死挣扎般的呻吟声。

胜负马上就要决出！

啪！老爷爷继续扩大战果，又将棋子向前冲了一步。

"将！"

吼声犹如大海里汹涌的波涛，摇曳着房间的天花板。

"呜，呜，呜……"

铁人Q的呻吟声激烈起来。

"将！"

又是老爷爷咆哮般的吼声。

铁人Q的斗志彻底松懈了，兵败如山倒，最后一道防线被突破了，阵地上乱成一团，"国王棋子"成了对方的战利品。

胜负决出了！

老爷爷的两颗眼珠子瞪得像两个乒乓球，虎视眈眈地盯着手下败将，仿佛要一口吞下铁人Q似的。北见不由得扭过脸来看着Q。

Q直起腰从椅子上站起来，两只紧攥着的大拳头举过头顶，歇斯底里地乱舞起来。

"呜，呜，呜……"

随着发出呻吟声的同时，Q宛如酩酊大醉的醉汉，整个身体前倾、压在了老爷爷的身上。

狂风越刮越猛，这幢旧别墅如同茫茫大海中的一叶孤舟。风声刚消失，啪！窗户被吹开了，房间里亮了起来，犹如白昼。紧接着，一阵轰隆隆的雷声从天而降，朝地面扑来。

铁人Q的身体全是铁，犹如千斤重的铁塔压得老爷爷怎么也翻不了身。

"救命……"

老爷爷一边叫，一边手舞足蹈，拼命地挣扎。

北见见状拔刀相助，毫不犹豫地扑上去解围。无奈力气小，无济于事。猛然间，Q的眼睛狠狠地瞪了北见少年一眼，吓得他抱着脑袋就往外跑。

黄昏早已消失，天空笼罩着浓浓的夜色，豆子大的雨点在狂风地驱动下，朝北见扑来，眼看就要摔倒在地上。

狂风暴雨中，北见不顾一切地奔跑。

天空不停地闪着雷电，每一次闪电，天空亮如白昼。与此同时，轰隆隆的雷声此起彼伏，险些震聋北见的耳朵。

北见也不清楚自己究竟奔向哪里，只是一个劲地朝前狂奔。突然，他发现前面有亮光，那不是闪电，是手电筒！

"喂，喂，小弟弟，你要到哪里去？瞧你浑身上下已经没有一块干的地方了。"

说话的是一个警察，他身后便是派出所。北见在雨中不要命地奔跑，警察感到不可思议，赶紧跑出派出所拦住北见的去路。

北见走进派出所，把在别墅里的所见所闻一五一十地报告了警察。

"那可怜的老爷爷恐怕已经被害，请警察赶快去救他！"

"好，别着急，请你再等一下！我通知其他人后就跟你一起去救老爷爷。"

警察用电话通知了其他人后与另一个警察耳语了几句，便跟在北见身后朝别墅的方向飞奔而去。

　　走进别墅里的那个房间，只见老爷爷独自一人靠在椅子背上，显得垂头丧气。

　　"老爷爷，铁人Q呢？"

　　"不知它逃到哪儿去了？你们要是再不来我可就没命了，太谢谢你们了，那家伙真可怕，虽说是我亲手制作的，可现在变得越来越不听我的话了！如果放任它自由，天下就会大乱。它是铁制机器人，力大无比，而且根本不在乎子弹。我无法想象，这家伙说不准会干出骇人听闻的事来。警察，请抓住它！请一定要抓住它！否则……"

　　老爷爷声音颤抖，抓住警察的手央求着。

　　"老爷爷，铁人Q的动力是电池吧？只要切断电源，它不就成了一堆废铜烂铁了吗？"

　　警察说道。

　　"不，不是蓄电池，是一种特别的动力，是我发明的。这种动力是切不断的，因此铁人Q与人类的功能几乎一样。可它不能辨明是非，无论什么坏事都干。我只有求警察了，请快抓住它！否则，它会干出许多伤天害理的事来。"

　　一会儿，整个东京市变得热闹起来，警视厅派出大量警察封锁了各条要道，加强了盘查，捉拿铁人Q。可遗憾的是，从那天晚上开始，已经过去了整整三天，连铁人Q的影子也没有见着，铁人Q似乎从人间蒸发了。

绑架女孩

　　村田绿子小姐是一个可爱、文静的女孩，还在幼儿园上学，家住上野公园旁边的不忍池附近。

　　一天傍晚，她在家附近的空地上独自玩耍，这时候，走过来一个身着西装的男人。

　　那男人弯下腰蹲在绿子小姐身边，笑嘻嘻地主动打招呼。

　　"多漂亮的小女孩，你今年几岁了？"

　　"五岁。"

　　绿子小姐抬起那张可爱的小脸，天真地答道。

　　"叫什么名字？"

"我叫村田绿子。"

那男人说话非常奇怪，酷似录音机里放出的声音。说起话来，舌头似乎有点僵硬，显得十分笨拙。绿子小姐年龄还小，当然不会想得很多。她心想，这叔叔可能是外国人。说到外国人，应该是白白的脸、高高的鼻子、蓝蓝的眼睛和大大的块头。

"小妹妹，我能用沙子建一幢别墅。录音机似的声音刚落，那男子随即用手把地上的沙子拢起来。没多长时间，欧式别墅的形状出现在沙堆上。绿子小姐喜不自禁，高兴地望着造型美观的‘别墅’。"

"绿子……"

不远的前面传来喊叫声，接着传来皮鞋声，随后，一个少年模样的学生出现了。

"绿子，该回家了，快和哥哥一起回去！"

喊绿子小姐回家的少年，是正在读小学四年级的学生，叫村田幸一。

"还早呢，哥哥。瞧，我正在和这位叔叔一起玩造别墅的游戏呢！"

绿子小姐脸上露出不高兴的表情。漂亮的"别墅"让绿子小姐还想与这位叔叔多待一会儿，不愿意马上回家。

幸一走到跟前，望着蹲在地上的男子的脸。

他觉得这叔叔长相奇怪，与普通人不同。身体的形状有棱有角，脸上沾满了白色的化妆粉，嘴唇上涂有女人用的口红。

幸一用怀疑的口吻不客气地问道。

"叔叔，你是谁？"

"我是谁？当然是人！你是绿子小姐的哥哥吗？"

男子反问道，依然像录音机里传出的声音。他回答说是"人"，其实是一个可疑的家伙，他回答的声音，与人从喉咙里发出的完全不同。

猛然间，幸一忐忑不安起来，他盯着男子的脸望了好一阵子，不由得想起了什么，随即大叫了一声。

他曾经在报上看到过一篇新闻报道，说铁人Q下落不明。在他那所就读的学校里，这一重要新闻也被传得沸沸扬扬，同学们也都议论纷纷。

"这家伙说不定就是那个铁人Q！"

一想到这里，幸一的身上就像被人浇了一盆凉水似的，从头到脚，全身都在瑟瑟发抖。

男子似乎也已经察觉到，幸一脸色苍白，害怕的目光正注视着自己。他瞪大眼睛在幸一脸上转来转去，宛如野狗在路上看见行人似的。

"妹妹，该回家了！"

幸一使劲地拽着妹妹的手往回家的路上走去，可疑的男子见状大吃一惊，突然张开双臂抱住绿子小姐，还凶狠地瞥了幸一一眼。幸一企图掰开男子的手，不料，那男子的手硬得像块铁。

幸一没有吭声，猛地转身朝家里跑去，其目的是搬"救兵"。那男子赶紧起身，把绿子小姐横着抱在怀里朝上野公园的方向逃去。

空旷的草地上，连一个大人的人影也见不着，就是喊破嗓门也是白搭。幸一无奈，只得跑回家里把情况告诉了爸爸。

瞬间，原本悄然无声的空地上，挤满了看热闹的人群，黑压压的一片。

爸爸拨通报警电话，好几辆警车赶到了案发现场。当地也派来大批警察，沿着铁人Q逃跑的方向四处搜寻。然而，却连点滴有价值的线索都没有发现。

警方下达了捉拿铁人Q的通缉令，车船码头上，都贴有通缉令。奇怪的是，一连好几天还是什么线索也没有得到。

抢劫银行

次日，东京市台东区的东洋银行下属支行发生了抢劫巨款的大案。

上午九时许，银行大厅里出现了一个绅士打扮的男子。该男子脸上涂满了白色的化妆粉，上下嘴唇涂得红红的，两边肩膀上似乎有两块坚硬的衬垫。

这男子走到银行大厅里的取款窗口，目不转睛地看着取款人从窗台上接过营业小姐递上来的钱。正当营业小姐将一百万日元现金放到窗台上的时候，那男子敏捷地伸出手，一把抓住那一厚叠钱并朝门外跑去。

营业小姐满脸惊愕，等到那男子前脚就要跨出银行大门的时候，这才如梦初醒。

"有强盗！就是门口那家伙！快抓住他！抓强盗，抓强盗……"

营业小姐一边喊，一边追上去，可男子已经跑到门外，正甩开大步走着。喊叫声惊动了来银行存款和取款的人们以及银行的保安员，纷纷跟在营业小姐身后。谁知，那男子高大的身影早已从人们的视野里消失了。

"在前面，一定还在前面。"

营业小姐边说边朝着前面的横道跑去，大家紧随其后，跑到横道的转弯角，向两侧打量，那男子早已不知去向。

警察赶来了，巡逻警车也赶来了，警民们齐心协力，分头从这条道跑到那条道，寻问路边的商店和饮食店，回答都说没有看见。这个抢劫银行的中年男子，如同烟雾一般无影无踪了。

这男子究竟躲到哪里去了？后来才知道，是这么回事。他抓住那一厚叠纸币拔腿跑出银行后，便在前面的横道向右转了一个弯。当时，这条横道上凑巧没有一个行人，于是男子移开道路中央的下水道井盖跳了下去，然后将井盖移回原来的位置。

井盖很重，靠一个人的力量是移不动的，何况跳进下水道后再恢复井盖则更加困难。因此，人们不会想到男子竟然悠闲自得地躲在下水道里。

经过地毯式的大搜索，仍没有找到抢劫犯的踪影。大家垂头丧气地返回银行门前，站在那里你看看我我看看你。忽然，人群里有人大声说话，于是大家七嘴八舌，莫衷一是。

"真奇怪！这家伙一点也不像是普通人，多半是铁人Q！"

"什么？你说是铁人Q！"

"这是我的猜想，如果是铁人Q，那无疑是一个可怕的怪物，会化作烟雾消失。"

听了这番议论，人们面如土色，相互对视，不知如何是好。

不错，那男子正是铁人Q，正因为是铁人，所以力大无比，诸如下水道井盖之类的玩意，虽然笨重，可对铁人Q来说，不费吹灰之力。

铁人Q躲在下水道里竖耳倾听外边的动静，等到搜索队伍远去，他便悄悄地顶起井盖探出脑袋四处张望，再爬出下水道。随后，他将井盖恢复原样，扬长而去。

粗看，那男子与普通人并没有什么区别，即便与之擦肩而过，也不会留下特别的印象。虽说报上有过铁人Q的报道，但却没有照片。因此，人们很难发现铁人Q。铁人Q胆敢抢劫银行，简直让人难以想象。

铁人Q是人造的机器人，多少会知道钱的用途。

上野山下的商业街上，有一家名叫山形屋的食品店。店内有一个叫鸟井的少年营业员，个头特别矮小。据说，他是少年侦探团流浪儿别动队的队员。流浪儿别动队的队员们，过去都聚集在上野公园里，或寻衅滋事，或沿街乞讨，或到处行窃。但他们经过少年侦探团小林团长的正确引导，都先后改邪归正，加入少年侦探团下属的流浪儿别动队。

他们在协助警方侦破案件的时候，吃苦耐劳，并且立下了汗马功劳。在大侦探明智小五郎的推荐下，队员中有的上学，有的到商店或工厂里工作，逢休息天便继续重操旧业，参加少年侦探团的侦查工作。

鸟井少年喜欢营业员这个工作，他在明智先生的推荐下来到山形屋食品店工作。

迄今为止，他在山形屋食品店里的工作时间刚满三个月，由于头脑聪明，工作卖力，受到了店主的喜爱。

东洋银行支行遭歹徒抢劫的当天晚上，山形屋食品店门口出现了一个西装革履的绅士。肩膀有棱有角，脸上沾满了白色的化妆粉，嘴唇上涂满了口红。

鸟井少年见有客人光临，立即笑眯眯地迎了上去。

"先生，您需要什么？"

"面包、白脱、牛肉罐头以及饮料。"

男子说话的声音与常人不同，像录音机里传出的声音。他递上一千日元的纸币，连零头也没有拿就急匆匆地离开了。他的两只大手抱在胸前，捧着面包、白脱、牛肉罐头和饮料。

"喂，先生，找你钱呢！"

鸟井少年大声提醒道，可客人没有搭理，似乎不会计算。

鸟井呆呆地望着男子的背影，觉得这男子的走路姿势怪怪的，仿佛是机器人。突然，他好像察觉到什么。

"这家伙会不会是铁人Q！听说今天早晨铁人Q抢劫银行，从东洋银行下属支行抢走了一厚叠纸币。这家伙刚才递上的一千日元纸币，说不定就是那叠纸币的其中一张！"

于是，鸟井立刻向店主报告了这一情况，并向店主借了一支手电筒大步追了上去。曾经，他在流浪儿别动队里干得十分出色，尾随跟踪是他的拿手好戏。

男子沿着上野公园入口的上坡道，朝前走着。夜深了，路上几乎没有行人。繁华的东京市中心，此刻十分安静。

"噢，我的判断应该没错，这家伙就是昨天绑架小女孩的歹徒！他把小女孩藏在某个偏僻而又秘密的地方，为了不让她挨饿，特地跑到食品店买这么多吃的。这男子本身是铁人，不需要食物就能活得好好的。可见，那些食物肯定是买给小女孩吃的。"

鸟井少年的估计，完全正确。

渐渐地，那男子朝纵深处走去。周围死一般的寂静，仿佛深山老林里似的。

不翼而飞

那个男子越走越快，顺着动物园的内侧向左转弯。那儿是东照宫，五层高的高塔如黑色怪物一般高高地矗立着。

鸟井少年为避免被对方察觉，与其保持着一定的间距。

这一带树木繁多，枝叶茂密，跟踪时不易被对手发现。

这个形迹可疑的男子距离五重塔越来越近，当走到五重塔旁边时，只见他朝对面转了一个弯后，便消失了。

鸟井想，对方可能已经发现自己了，估计正埋伏在那里，于是他原地不动地等待了片刻，随后他继续向前，走到男子转弯的地方观察塔对面的动静。

　　咦，奇怪？那个男子溜到哪里去了呢？

　　由于附近几乎没有光线，肉眼的可视距离又极其有限，只能模模糊糊地在黑暗里寻找晃动的身影。可是，什么可疑的情况也没有。

　　鸟井不安起来，仔细一想，怪男子不可能走很多的路。

　　"奇怪！怪男子会藏在什么地方呢？"

　　鸟井朝四处观望，脚步也跟着视线转起了圈子。

　　虽说周围很暗，但远处路灯的微弱光线还能照到这里。如果怪男子在黑暗中走路，无疑会映入鸟井少年的眼帘。

　　恐怕怪男子已经知道自己被跟踪而躲进了树林里！

　　鸟井想到这里赶紧躲到一棵大树的背后，等

待着对方出现。可十分钟过去了，眼前还是刚才的情况。

忽然间，黑暗里传来奇怪的声音。

"嘎！"

鸟井吓了一跳，正想转身离开这里，可细细一想，附近不就是动物园吗！这声音多半是鸟叫声。

他抬起头仰望着直插云霄的五重塔，犹如庞然大物般矗立在自己的眼前。

鸟井害怕起来，腿不由得打起哆嗦，就在这时候，对面的树林里传出声响，好像有东西在晃动。显然，响声不是风，而是什么动物。

顿时，鸟井全身的血液仿佛凝固了。

树叶继续晃动，突然！闪出一个黑色的东西。与此同时，对面的树林里射出两道磷火般的光芒，是一条野狗！

"怎么搞的，居然是一条野狗在捣乱。"

鸟井稍稍放下心来。唉！自己怎么会来到这么偏僻的地方？一想到这里，他也顾不上打量身后了，拔腿就猛跑起来。

　　不能回头看！回头看也许更害怕，或许那个可怕的怪男子正在追赶自己……

漆黑的房间

"叔叔，你回来了？"

黑暗里，传来女孩子娇嗔的声音。

"是的，我给你买吃的来了，肚子饿了吧。"

门口响起了一个男人的声音，一个犹如录音机里传出的声音。

"我呀，视力好极了，就是天再黑也看得见，而你就有可能看不见。来，把手伸过来，这是面包，这是牛肉罐头，这是饮料和白脱。"

牛肉罐头的盖子已经打开，饮料易拉罐的盖子也早就被打开了。

"噢，这是面包吧，那是牛肉和饮料吧，太好了！谢谢叔叔，我肚子已经饿得受不了了！"

黑暗里传来吞嚼面包和牛肉的声音，还不时伴有喝饮料的声音。

"好吃吗？"

"好吃。"

"绿子小姐喜欢叔叔吗？"

"嗯，喜欢。不过，我也喜欢爸爸、妈妈和哥哥，我怎么会到这里来的？叔叔，我想回家！"

"好，马上就回家。别担心，你爸爸会到这里来接你的，在你爸爸来这里之前，你就和叔叔在一起吧。"

"爸爸会来吗？"

"嗯，会来。"

紧接着，沉默了一会儿。一会儿，又传来录音机里的那种奇怪声音。

"绿子小姐，你感到寂寞吗？"

"不寂寞，因为有叔叔在这儿陪着我呢！"

"我也一样，有绿子小姐在这里，我也不感到寂寞了。我已经三十好几了，却连一个朋友也没有。所以呢，把绿子小姐带到了这里，我想和绿子小姐交个朋友，你同意吗？"

"好呀，我同意和叔叔交朋友，可这个房间暗得连叔叔的脸都看不清楚，还是开灯吧。叔叔，怎么开灯呀？"

"这房间里没有装电灯，到早晨，房间里有了阳光就会亮了。绿子小姐，你一定累了吧？你那里铺有许多稻草，你就躺在上面休息吧。我给你值班，你就放心睡觉吧！"

亲爱的读者，当你阅读到这里的时候，可能会明白一些什么吧！

这里是某个房间，铁人Q和绿子小姐正在黑暗中对话。

绿子小姐年幼、天真，丝毫没有察觉到铁人Q是个大坏蛋。

奇怪的是，铁人Q并没有加害于绿子小姐，而是关爱有加，还给绿子小姐买来好吃的牛肉、香喷喷的面包、可口的饮料和白脱。可见，铁人Q非常爱护绿子小姐。

可这个漆黑的房间，到底在哪一幢住宅里？

最令人感到不解的是，整个房间仿佛江面上一条微微摇摆的船。可如果真是船，应该晃动得更加厉害。当然，它也不可能是火车和飞机。否则，它不可能没有灯光，还应该传出剧烈的引擎声。

塔上的怪物

次日，在山形屋食品店工作的鸟井少年正在自言自语。

"嗯，是，肯定是这么回事，我怎么会没有想到呢？"

鸟井慌张起来，急忙找到店主汇报，经过店主的准许后，他撒开双腿朝店外跑去。他要去的地方，是距离食品店最近的那家派出所，那里有他熟悉的警察，两人关系还不错。到派出所后，他便把昨天晚上跟踪铁人Q的情况，叙述给警察听。

"昨晚，我居然一点也没有往那里想。今天起床，我一直在琢磨这事。刚才，我突然明白过来了。昨晚铁人Q一定藏在五重塔里，而我却忽视了这么重要的细节。当时，我只是在五重塔周围寻找，瞎忙了一阵。假设我的猜测是对的，那么，现在铁人Q不可能离开那里。

"在铁人Q看来，五重塔是最安全的藏身处，躲在漆黑的五重塔里，身边肯定还带着绿子小姐。昨晚，铁人Q还在我工作的食品店里买了许多吃的东西，肯定是给绿子小姐买的。叔叔，你们快去搜查五重塔吧！"

过了不久，五重塔旁边驶来三辆警车，周围挤满了看热闹的人们。

为防止惊动铁人Q，警察们没有进行大规模搜索。刑侦主任带着两个警察悄悄地走到五重塔大门口，发现门锁已经被扭坏了。

推开大门观察地面，厚厚的灰尘上留下一长溜大人的脚印，证明确实有人来过这里。

刑侦主任向身后的两个警察使了一下眼色，便沿着楼梯向上走去。

五重塔上第五层的房间里光线暗淡，铁人Q与绿子小姐面对面地坐着。

　　果然藏在塔里！

　　铁人Q强行将绿子小姐带到这里，给她买来吃的，还给她买来睡觉的毛毯，简直是体贴入微。对铁人Q的绑架行为，绿子小姐不但没有半点敌意，反而怀有好感。

　　突然，塔下人群看热闹的嘈杂声飞进了房间，铁人Q走到窗户前，透过窗户的间隙向下俯视。

　　咦！怎么搞的？塔周围不仅有许多参观五重塔的游客，还有不少身穿制服的警察。除三辆白色警车外，还停泊着许多大巴士车型的警车。

　　三个身着制服的警察已经走到五重塔大门口，像是刑侦警察。

　　此刻，三个警察推开大门走进了塔里。

　　铁人Q从察觉到这一急转直下的局势后，神色便紧张起来，开始手忙脚乱起来。铁人Q走到楼梯口，瞪大眼睛朝下边看了许久。

　　突然，楼下传来响声，这是皮鞋声，是三个警察朝塔上走来的皮鞋声。

三个人蹑手蹑脚地走完二楼，又登上三楼，当他们登上四楼的时候，皮鞋声越来越响，连警察的呼吸声也飞进了铁人Q的耳朵里。

铁人Q焦急起来，转身回到绿子小姐身边。

"叔叔，怎么了？是谁来了？"

绿子小姐天真地问道。

"是坏蛋来了，我们必须立即离开这里。"

铁人Q说完，迅速环视一下周围，见房间的角落里有一团绳索，便连忙捡起来并弯腰蹲在绿子小姐的身边。

"来，快趴在我身上，两只手要攥紧，千万别松手哟！"

背起绿子小姐后，铁人Q用绳索从自己的肩部绕到胸前打了一个结，接着拿起另一根长绳索，便猛地推开格子窗户，走到五楼的狭窄走廊上。

虽说已是傍晚时分，天色渐渐暗了下来，可铁人Q背着绿子小姐出现在五楼走廊的情景，依然清晰可见。

许多看热闹的人大声呼喊起来。

"哇!"

"瞧,铁人Q还背着一个女孩呢,那家伙想干什么?可能是从那里往下跳吧!这么一跳,女孩就没命了呀!"

人们紧盯着五楼的走廊,个个手心里都攥出了汗水。

铁人Q将长绳索的一头编成了一个活结套圈,朝着塔顶屋檐的尖角扔去。

一连扔了好几回,套圈终于稳稳地套住了尖角。铁人Q使劲拽了一下,将活结的套圈牢牢地拴住了尖角,随后又使出全身的力气攥住绳索试了两三下。片刻后,铁人Q大概觉得可以行动了,便伸出双手攥住了绳索,跃到走廊外的空中,身上仍然背着绿子小姐。

正巧这个时候,刑侦主任和两个警察气喘吁吁地爬到了五楼。他们从窗口探出脑袋看着正在向下爬行的铁人Q,一切都为时已晚。

塔顶屋檐挑出的尖角,比五楼表层的走廊还要向外突出一米左右。因此，即便手从走廊向外伸出，也够不着从尖角向下垂着的绳索。

铁人Q背上有绿子小姐，一旦有闪失，就有可能酿成孩子坠地的恶果。

三个警察目送着沿着绳索向上爬行的铁人Q，无计可施。

"哇！"

这时候，人群里又发出刺耳的叫喊声。

看热闹的人们，仿佛在观看一场十分刺激而又精彩的空中杂技表演。

"绿子小姐，闭上眼睛，两只手使劲地抓住叔叔的肩膀，再坚持一会儿，我们就可以轻松了，千万别松劲！"

铁人Q一边给绿子小姐打气，一边迅速朝塔顶上攀登。

绿子小姐两只小手紧紧地抱住叔叔锁骨上面的脖子，一边随叔叔摇晃，一边小心翼翼地睁开眼睛向下面望去。

啊！自己现在的位置，距离地面怎么这么遥远呀!霎时,绿子小姐耳昏目眩。

从塔顶到地面的距离,大概有二十米左右,每一层的屋檐都向外突出,绳索擦着屋檐,不停地晃动。

塔周围的人群,像平时玩耍的玩具那么小。

接着,地面歪斜起来,视线与地面的距离,忽近忽远地摇晃起来。

背着绿子小姐的铁人Q,就要爬到高高的塔顶上了,铁人Q爬到塔顶上,到底想干什么?

绿子小姐不由得为自己担心起来。人们开始胡思乱想,想象着铁人Q万一失手坠落的情景,大家焦急的心似乎堵住了嗓子眼,手心里渗满了汗水。

金蝉脱壳

瞧！铁人Q背着绿子小姐镇定自若地站在塔顶上。

警察们束手无策，不知如何是好。铁人Q力大无穷，轻而易举地爬到了塔顶上，警察们没有模仿。此时此刻，他们最担心的不是自己，而是绿子小姐的安危。即便爬到塔顶上与铁人Q搏斗，也有可能造成绿子小姐从塔顶上坠落。

那样的后果，简直不堪设想！

三个警察商量着如何逮捕铁人Q的对策。

不知不觉中，太阳早已下山了。

"现在，只有请消防部门增援消防车，有那样的云梯，我们就可以爬到塔顶。"

　　在塔周围担任指挥员的警长，迅即拨通了消防部门的电话。

　　三十分钟后，云梯消防车赶到了。浓浓的夜色笼罩着塔顶，站在地面上根本看不清楚铁人Q和绿子小姐的情况。

　　幸亏三辆警车的车顶上都装有小型探照灯，探照灯亮了，可光束怎么也够不着二十米高的塔顶。

　　要照亮塔顶，必须使用大型探照灯，而且必须设置在附近的楼顶上。

　　警察送来大型探照灯，将它安放在附近最高的屋顶上。

　　三十分钟过去了，强烈的探照灯如光箭一般地射到塔顶上，顿时塔顶上亮如白昼。

　　站在塔下看不清楚塔顶的情况，警察们和人群向后退到适当的位置，地面上人们里三层外三层地围了起来。

　　糟了！塔顶上空荡荡的。

人们睁大眼睛踮起脚尖，从四面八方观察着塔顶。如果塔顶上有铁人Q，即便趴着也不可能逃出人们的视线，出乎意料的是，铁人Q和绿子小姐竟然梦幻般地失踪了。

铁人Q绝不可能跳楼，说不定又抓住绳索返回到五重塔里了！

返回塔下的三个警察思索了片刻，认为再次搜索五重塔是当务之急。于是，他们一手持枪一手握着手电筒沿着楼梯进行层层搜索。

消防云梯开始向上延伸，云梯上站着一个消防员，片刻后，云梯延伸到塔顶上。

消防员借助云梯来到塔顶上并仔细搜索，却什么也没有发现。

与此同时，沿着楼梯向上搜寻的警察们也登上了五楼，用手电筒照着前方的地面。突然，走在头里的警察大声惊叫起来，呆若木鸡地站在那里，好像有了什么重大的发现。

"啊！"

原来，五楼的墙角躺着两个人，一个是身着衬衫的男子，另一个是小女孩。

男子多半是铁人Q！可怪男子怎么会身着衬衫倒在地上呢？

警察们摆出了射击架势，小心翼翼地向男子靠近，不过，子弹可不能出膛。因为，他们要首先救出小女孩。

有一个警察飞身跑到那里，弯下腰打算抱起小女孩。小女孩身上看不出有什么受伤的痕迹，大概是受到惊吓的缘故。

警察一抱起她，小女孩便哭了起来，两只小手紧紧地抱住警察，不用说，小女孩肯定是绿子小姐。

身着衬衫的铁人Q，脸朝墙壁龟缩在地上没有一点动静，如同死去一般。

警察们的枪口从三个方向对准铁人Q，脚步朝那儿移动，其中一个警察还把脸凑了上去，打算看个究竟。

"咦，这人好像是正木！"

"果真是他！正木你这是怎么了？"

警察们惊呆了，大家你看看我我看看你。

"喂，到底怎么了？快说呀！"

其中一个警察使劲地摇晃着正木的肩膀，大声问道。

"喂，怎么搞的，你有没有碰上铁人Q？"

"我也不知道是怎么回事，只记得被什么人冷不防地猛击了一下，便倒在地上了，好像是从背后偷袭我的。"

正木摸了一下后脑勺说。

"是谁袭击你的？"

"没有其他人，我估计是那个铁人Q，那家伙的铁腕力量，特别有劲。"

"你身上的警服呢？"

正木被同事这么一问，吃惊地打量了一下自己的全身上下。

"咦，我的警服怎么不见了？一定是被铁人Q偷走了！"

"铁人Q要你的警服又有什么用呢？"

"噢，对了，铁人Q肯定是穿上我的警服化装成巡逻警察逃走了。"

"这机器人诡计多端，长得五大三粗，穿上你的警服还真合适。"

"一定是这么回事！"

铁人Q化装成警察早已溜之大吉，警察们心灰意冷、无精打采地朝塔下走去。

刑侦主任走在头里，其余两个警察一个扶着正木，一个抱着绿子小姐走出五重塔。当绿子小姐出现在大家面前的时候，爸爸村田先生和哥哥幸一大步地迎上前去。

父子俩到这里来，是当地警察通知他们的。

"绿子小姐没有受到伤害，我们现在把她交还给你。"

绿子小姐扑在爸爸温暖的怀里，伤心地抽泣起来。

"绿子，能平安回来就好，受惊了吧，别哭了，乖孩子！瞧，哥哥也在这里呢！"

村田先生跟绿子小姐脸贴着脸，热泪盈眶。

一听说铁人Q化装成巡逻警察溜走了，小学四年级学生的幸一急忙走到警察跟前说道。

"刚才，我的目光一直紧盯着五重塔的大门。大约在二十分钟前，有一个身材高大的警察从塔里出来，若无其事地挤进了人群。现在回想起来，那家伙一定是铁人Q！"

罪犯早已逃之夭夭，警察们一时也想不出更好的办法，只得偃旗息鼓，停止此地的搜查。

抢劫钻石

　　铁人Q自化装成巡逻警察从五重塔消失后的一个月里，没有再度出现，也不知他藏在哪里。当地警察又将五重塔的里里外外搜索了一遍，没有找到任何线索。

　　当地警察又搜查了制造铁人Q的老爷爷的住宅。据他说，铁人Q自那天逃走后就再也没有回来过。

　　一天晚上，新桥大街上的玉宝堂发生了一起怪事。那天晚上九点左右，玉宝堂正要关门打烊，这个时候，来了一位男顾客。

这位男顾客一副绅士打扮，身着高级西服套装。

"欢迎光临！"

营业员笑脸相迎。

绅士模样的男顾客径直走到正中央的玻璃柜台前，手指着其中价格最昂贵的钻石，营业员打开柜台后侧的玻璃门，取出钻石放在柜台上。

绅士稍稍看了一下，又指着柜台里的另一颗钻石，也不知怎么回事！营业员简直像被灌了迷魂汤似的，竟然把柜台里所有的高价钻石统统取出来并排列在柜台上。

绅士一把抓过其中的六颗钻石，迅速地塞进了自己的口袋里。

营业员懵了，连忙伸出手抓住绅士，嘴里大喊大叫起来，其他营业员见状也围了上来，团团围住了盗贼。可绅士猛地推开围上来的营业员，夺路而逃。绅士一跑出店门口，便狂奔起来，转眼间便消失在前面的一条人行道上。营业员们一边叫喊，一边追上去。

"抓贼！抓贼！"

宁静的人行道上，此刻已没有行人，道路两侧又没有路灯，无法看清前面道路上的情况。

附近商店的营业员们听到抓贼的喊叫声，也纷纷跑出商店相助。大街上的行人和附近派出所的警察，也争先恐后地赶来，转眼间，人行道上聚集了许多人。

大家一起搜索，结果什么也没有发现。

"奇怪！这绅士没有说话，脸上也没有表情，酷似木偶，莫非是上个月从五重塔消失的铁人Q？"

一位营业员模样的人大声说着，仿佛突然间醒悟似的。

"哇！"

顿时，人群响起了一片喧闹声。

"铁人Q又出来活动了，这家伙招数很多，还擅长隐身术，无论怎么搜查，就是发现不了他。"

人群中有人这样说。

当听说是铁人Q又出来了，一些胆小怕事的人纷纷离去，刚才还是拥挤的场面，顷刻间向四处散开，片刻后，又恢复了夜晚的宁静。

玉宝堂的营业员们一边相互说着什么，一边返回商店，警察为了尽快地报告上级，也匆匆离开了。

没有光线的路上，开始变得冷清和神秘起来。

就在这个时候，道路中间的圆柱形垃圾筒的后面有一个黑影在晃动。

是狗？不，不像是狗！原来是一个蓬头垢面的矮个子少年。

是小叫花子？也许是吧！

少年蹲在垃圾筒后面，目不转睛地注视着道路中间的地面，他也许在观察什么。

突然，少年注视的地面微微蠕动起来。

地面怎么会动？

明白了！是下水道的井盖在移动。那圆圆的井盖被顶起来并被移到边上，从下水道口出现了一张脸。嘿！就是那个众人寻找的铁人Q。

这家伙故伎重演，为躲避众人的追捕，又躲到下水道里去了。

铁人Q爬出下水道，将井盖恢复成原来的模

样，便若无其事地走了。他穿过大街小巷，沿着行人稀少的街道朝东京湾方向走去。

一直躲在垃圾筒后面的小叫花子蹑手蹑脚地走着，紧随其后。

"果然不出我所料，常人难以打开的下水道井盖，到了这家伙手里就变得像一只塑料盖子似的，太不可思议了！"

自言自语的小叫花子，不是别人，正是少年侦探团流浪儿别动队的成员，小有名气的少年侦探——口袋小和尚。

本故事里，口袋小和尚还是第一次出现，但在其它故事里破获的一系列案件中，口袋小和尚都是功不可没。他今年虽已十二岁，可个头特别矮小，乍一看只有六岁的模样。

今天晚上，口袋小和尚有事来到银座，在回家的路上，经过新桥大街时发现玉宝堂商店附近的一条人行道上围着许多人，一打听方知玉宝堂刚才遭歹徒抢劫，六颗价值连城的钻石被盗走了。

就在人群渐渐散去的时候，只有少年侦探口

袋小和尚没有离去，他找到人行道中间的垃圾筒并悄悄地躲在其后面，目不转睛地注视着道路中央的下水道口。

果然不出口袋小和尚所料，真不愧是少年侦探团培养出来的。

铁人Q没有察觉到有"尾巴"，正在无忧无虑地走着，经过新桥后，又沿着河边朝浜离宫方向行进。

已经是晚上十点多了，一路上看不到行人，只有微弱的路灯灯光，不用说，铁人Q有棱有角的体形和奇怪的走路姿势是不会被怀疑的。

"好吧，铁人Q到哪里我就跟踪到哪里，一直跟到贼巢为止。随后我再通知少年侦探团和流浪儿别动队，依靠集体的智慧和力量协助警方将其捉拿归案。"

口袋小和尚暗自下了决心，全力以赴地跟踪到底，当跟踪到浜离宫附近的时候，怪事发生了。

这一带是沿江街道，一路上有许多通向江里的石梯台阶。石梯台阶一直从江边延伸到江底，是运输船用来装卸货物的。

铁人Q不知要干什么，竟然也沿着石梯台阶向下边的水面走去。

"可能有船接应，这可糟了！"

口袋小和尚停住脚步，焦急起来，铁人Q一旦上船，跟踪铁人Q的计划就只能到此停止，口袋小和尚眺望着水面，却没有发现船只，也许铁人Q打算横渡江水逃走！

可铁制的全身，重得不可能浮出水面，一跳下去，多半会沉到河底，必死无疑。

然而，铁人Q没有停住脚步，而是继续往下走。铁人Q脚上的皮鞋已经接触到水面了！可是，他的脚步仍在继续。

铁人Q的脚踩在水里的石梯台阶上，每走一步，水就哗哗作响。从脚上升到膝盖，再从膝盖上升到大腿，随后上升到腰部，再是淹没腹部、胸部。片刻后，无情的水淹没了铁人Q的脖子，接着，水泡向上直冒。

这究竟是怎么回事？难道铁人Q……

深入贼穴

口袋小和尚躲藏在岸边，两眼注视着水面，一会儿，铁人Q连脑袋也被水淹没了，小和尚干瞪着眼，呆呆地望着……

等了好长时间，还是不见铁人Q浮出水面。奇怪！这家伙到哪里去了？

口袋小和尚两手抱在胸前，陷入了苦苦的沉思。哦！这铁人Q肯定是从江底潜入江边的某处住宅里！该住宅的地下室连接着江底，从那里可以自由进出地下室，再沿着地下的楼梯上到一楼的房间。

口袋小和尚挨个打量着矗立在江边的别墅，一边走一边仔细观察起来。

　　当来到铁人Q刚才使用过的石梯台阶时，发现与之相平行的江边有一幢可疑的别墅。三层建筑，欧洲风格，外表十分陈旧，无论从哪个角度看，都让人感到可疑。

　　大铁门虚掩着，口袋小和尚轻轻地将其推开，敏捷地潜入别墅。由于地处江边，没有院子，别墅的玄关紧挨着大铁门。

　　口袋小和尚沿着别墅转起圈来，当他走到左侧时，一楼的一个房间里亮着灯光，房间里好像有人。

　　他慢慢地贴近那有灯光的窗边，踮起脚尖向里边看去。虽然玻璃窗内有窗帘遮挡，可窗帘在中间交汇的地方有间隙，通过间隙，口袋小和尚仍可把房间里的情况看得一清二楚。

　　椅子上坐着奇怪的老爷爷，嘴里正抽着烟，宽边大眼镜架在鼻梁上，一大把长长的银须垂在胸前，上身是灰色西装。

“他可能就是制造铁人Q的老爷爷！”

口袋小和尚的脑子里，忽然蹦出这么一个结论。老爷爷自从铁人Q逃离后，没几天也随之销声匿迹了，说不定从那时起，他就一直躲在这幢可疑的别墅里。

倘若真是那个老爷爷，铁人Q无疑是从江底返回别墅报到的。

想到这里，口袋小和尚的心突然剧烈地跳动起来，他紧盯着房间里的老爷爷，观察了许久许久。一会儿，房门微微出现了一条缝隙，好像有人站在门外顺着门缝向里看。

呵，是铁人Q，真是铁人Q。

一张雪白雪白的脸，红色的嘴唇，还有一对乒乓球似的大眼睛。

门缝渐渐扩大……一会儿，门被完全推开了，铁人Q以机器人的行走姿势，朝房间里走来。

铁人Q刚从江底回来，浑身上下的衣服全都湿透了，仿佛掉落到水里的落汤鸡。这家伙走到老爷爷身边，细声细语地说了些什么，只见老爷爷不停地点着头并说了几句。由于窗户紧闭，口袋小和尚无法听清楚房间里的说话内容，他猜想，铁人Q多半在汇报抢劫钻石的经过。

铁人Q从衣袋里取出六颗钻石，放在桌子上。老爷爷的眼睛几乎眯成了一条线，笑眯眯地看着铁人Q。

从表象上看，他们之间俨然是一对好朋友。

铁人Q抢劫六颗价格昂贵的钻石，战绩显著，老爷爷对此感到满意。

口袋小和尚打算离开这里，去少年侦探团小林团长那里报告这一重大发现，正当他离开窗前转过身来的时候，不料黑暗里站着一个彪形大汉，叉开双腿挡住了去路。他企图夺路逃走，可惜迟了一步，他被老鹰抓小鸡似的逮了一个正着。

彪形大汉用大手捂住口袋小和尚的嘴巴，不让他喊出声来，急得他手舞足蹈，使劲地挣脱。

当时，口袋小和尚全神贯注地观察着房间里的情况，根本没有注意到背后竟然有人。看来，这家伙一定是铁人Q和老爷爷的帮凶。

彪形大汉把口袋小和尚夹在腋下，推开玄关门，沿着昏暗的走廊来到楼梯前，然后登上楼梯朝楼上走去。

从二楼上到三楼，再沿着狭长的楼梯登上四楼。

这幢别墅从外表看是三层楼建筑，不可能还有四楼，可能是屋顶的夹层。

彪形大汉将口袋小和尚扔在夹层里，又不知从哪里取来的绳索将他的手脚绑了起来，还在他的嘴里塞了一块大手帕。

"嘻嘻嘻……你大概是少年侦探团流浪儿别动队的队员吧！铁人Q察觉到你一路上尾随跟踪，又发现你已经潜入别墅左侧的窗前，便让我抓住你。自我介绍一下吧，我是那个老爷爷的好朋友，好了，今晚就委屈你在这里躺一夜，明天早上会有人给你送饭的。"

彪形大汉说完便关上房门再挂上锁，脚步声渐渐远去。

过去，口袋小和尚要过饭捡过破烂。现在，长期在少年侦探团流浪儿别动队里"服役",早已习惯了风餐露宿的生活,何况今晚还是睡在四面不透风的别墅里呢。

"既然被抓了,就不必心慌意乱。今晚,干脆美美地睡上一觉,等天亮后再说。"

他闭上眼睛,呼呼地酣睡起来。他虽身体长得瘦小,却浑身是胆。

也不知睡了多长时间,口袋小和尚突然感到身上痒痒的,啪!睁开了眼睛。

房间里依然伸手不见五指,大概天还没有亮吧!小窗外有微弱灯光,口袋小和尚紧盯着窗外。

突然,周围传来很轻的声音,直飞入他的耳朵,好像是什么东西在地上跑来跑去的,一定是什么小动物!

"呀!是老鼠!难怪身上刚才痒痒的,原来是老鼠在捣蛋。"

口袋小和尚明白了,这幢别墅的屋顶夹层,已经成了老鼠窝,既然是老鼠那就随它去吧!想到这里,他又放心地闭上眼睛睡着了。

也幸亏有老鼠"帮助"，口袋小和尚才能成功脱身。不过，当天晚上他并没有想到老鼠还有这么大的能耐。

等到他再次睁开眼睛的时候，天已经大亮了，睡了一个好觉的他，感到浑身是劲。他躺在地板上，两眼直愣愣地看着天花板，思索着逃走的办法。

这个时候门开了，昨天晚上的那个彪形大汉给自己送饭来了。

彪形大汉把盛有面包和牛奶的银盘放在地板上，弯下腰解开了口袋小和尚身上的绳索，再从他的嘴里拿出大手帕。

"现在，我带你上厕所，再回来吃早餐。"

彪形大汉说完，脸上堆满了得意的笑容。

解绳奇术

那以后，彪形大汉又给口袋小和尚送来了午餐和晚餐，其间，还不时地带口袋小和尚上厕所。

他们离开时解开绳索，回来时又绑上绳索，若想伺机溜走，还真是一件困难的事情。

不过，此时的口袋小和尚不再着急。如何逃走，他已经胸有成竹，白天里，装作若无其事，到了吃晚饭的时候，趁彪形大汉不注意之际，他将银盘里的一个饭团藏在破损的地板下边。

彪形大汉没有察觉到这个小动作，见口袋小和尚用餐结束，便用绳索再将他的手脚绑起来，随后便下楼去了。

口袋小和尚躺在地板上，耐心等待着"决战"时刻的到来。

到了晚上八九点钟的时候，房间里已经一片漆黑，这个时候，声响不断传来，老鼠出动了！它们与昨天晚上一样，准时光顾。口袋小和尚用自己的嘴咬住藏在地板下的饭团，将它移到胸前，随后用下巴将饭团粘在绳索上。

老鼠闻到香喷喷的大米饭，不顾一切地朝这里跑来，好像是两只。

口袋小和尚屏住呼吸，身体一动不动地躺在原地，两只老鼠吃完地面上的米粒后，爬到口袋小和尚的胸部。

老鼠不仅狼吞虎咽地吞吃香喷喷的米饭，还不停地咬着绳索，它们的牙齿还真够锋利的，咬得绳索不停地晃动。

啪！老鼠帮了口袋小和尚的大忙，只见绳索变成了两段。终于，他被绑住的两只手获得了自由。

只要两只手获得了自由，就不再有什么困难了。

脚上的绳索和嘴里的大手帕，先后被扔在地上。

夹层里虽然有门，但没有上锁，也许彪形大汉觉得口袋小和尚已经被五花大绑，没有必要在门外侧上锁了。

口袋小和尚推开房门，沿着楼梯下到三楼，走廊里有灯，不会迷路。接着，他经过二楼下到一楼，沿着一楼走廊找到铁人Q与老爷爷见面的那个房间。

房门上侧的换气孔射出房内的灯光，口袋小和尚把耳朵紧贴在门上，房间里好像有人在走路。于是，他敏捷地爬到换气孔上朝房间里窥视。

"铁人Q，你模仿得非常逼真，肚子里内藏的齿轮动力，既能保证你正常走路，还能保证你讲话。"

说话的不是铁人Q，而是另一个什么人，此人背对着门讲话，从换气孔那儿打量说话的人，很难看到他的正面长相。那说话的人会不会是制作铁人Q的老爷爷呢？从说话的声音来看，好像是年轻人。

突然，说话人的左边肩膀出现在口袋小和尚的视线里，肩膀宽而结实，身上是黑色衣服。不是老爷爷，说不定是给自己送饭的那个彪形大汉，然而，经过仔细辨认以后，也不像那个彪形大汉。

　　"托你的洪福，我才引起世人的注目。你就像要弄什么魔法似的，可以随心所欲，来无影去无踪。真是太谢谢你了，Q。"

　　那男子大约有一半的背影映入了口袋小和尚的眼帘。紧接着，脸部的大部分进入了口袋小和尚的视线里。这家伙的脸上，同样涂满了白色的化妆粉。

　　铁人Q竟然是一对！背对着门的铁人Q与普通人相似，说话和举止自由自在。

　　另一个铁人Q脸朝着房门，站在那里还没有说过话。看来，这个铁人Q是实实在在的机器人，可说话的铁人Q，又是谁呢？难道是人扮演的？

　　口袋小和尚经过一番冥思苦想，脸上微微露出了一丝笑容，他悟出了其中的奥秘。他从换气孔迅速下到地面，踮起脚尖朝玄关走去。

玄关门也是虚掩着的。

口袋小和尚一走到大铁门的外边，便像脱了缰的野马一样飞奔起来。当他跑到附近的商业街的时候，时针已经指向八点。他走到路旁的公用电话亭里，迅速拨通了明智侦探事务所的电话。

电话那一头，传来小林的声音。

"啊，是小林团长吗？我是口袋小和尚，我有紧急情况向你报告。"

说到这里，口袋小和尚环视了一下电话亭周围，路上既没有行人，也没有人在电话亭外边等待，为谨慎起见，他还是压低着嗓门把昨天晚上到现在的所见所闻详细说了一遍。

"什么？你看见两个铁人Q是一模一样的？"

小林团长也吃了一惊，反问道。

"嗯，没错，小林团长，我反复思考了很久，其中一个铁人Q大概是……"

小林团长似乎明白了口袋小和尚的话中话。

"这个案件倒是越来越有意思了，明智先生现在不在事务所，这样吧，我先给中村警部打一个电话。随后，我召集少年侦探团和别动队跟随警察一起到那里去。你继续监视，千万别惊动他们！否则，他们又要溜走了。"

小林团长吩咐完毕，立刻给中村警部打了电话。

再过一会儿，大部队就要包围铁人Q的贼窝了。那么，警方此次究竟能否抓获铁人Q呢？

铁人Q跳楼

离开电话亭的口袋小和尚，急速返回铁人Q的贼窝——那幢欧式风格的别墅，躲藏在暗处观察。

决不能让铁人Q再逃之夭夭了！

三十分钟后，距离这幢别墅一百米左右的地方停泊着三辆警车，车上走出十多个警察，一起朝别墅靠近。

警车旁边停泊着两辆私家侦探车，车上走出十多个少年侦探，他们分别是少年侦探团的团员和流浪儿别动队的队员。

口袋小和尚发现伙伴们飒爽的英姿，激动地跑过去与小林的双手紧紧地握在一起。他们好几天没见了，相互间轻声寒暄了几句。一会儿，小林打了一下手势，十多个少年侦探立即散开，消失在黑暗里。

十多个警察跟在中村警部的身后，走进别墅里，其中三个警察绕到建筑的后面，其余警察径直朝玄关走去。

警察们荷枪实弹，身后跟着小林、口袋小和尚以及另外两个少年侦探。他们从玄关进入别墅，一是协助警方，二是想目睹铁人Q被抓获的场面。

中村警部按了一下门铃，片刻后，门开了，门缝里探出一张脸，贼溜溜的眼睛朝外张望，那模样好像是自称制作铁人Q的老爷爷的朋友，也就是那天晚上抓住口袋小和尚的家伙。

"啊！"

他惊叫一声，缩回脑袋，企图把门关上，可中村警部的左脚已经跨入门里，一弯腰整个身体钻了进去，身后的警察们如潮水般地涌进了别墅。

那家伙见情况不妙，转身逃向纵深处。

警察和少年侦探们紧随其后，吆喝声和皮鞋声交织在一起。

"快上二楼，那家伙朝二楼跑了！"

有人大声提醒道。走廊的转弯处有楼梯，警察们蜂拥而至，七八支手电筒照亮了楼梯上下。

这个时候，二楼走廊传出的脚步声朝三楼方向远去。警察们一气跑到三楼，发现还有通向四楼夹层的小楼梯。

"这下好了，可以瓮中捉鳖了，通往夹层的楼梯就这一个。"

口袋小和尚又惊又喜，大声嚷嚷。

"奇怪！刚才二楼传出的是三四个人的脚步声，怎么现在变成一个了！上去两个警察就足够了，其他人搜索三楼和二楼。

中村警部说完，带一个警察沿着楼梯爬向屋顶的夹层。其余警察和少年侦探们先搜查三楼，接着搜查二楼和一楼，每层楼面的所有房间都被仔细搜查过了，就是什么也没有发现。

那几个罪犯藏在哪里呢？

这个时候，别墅门前的沿江街道上已经人山人海，门口被围得水泄不通。

九点已过，可行人和附近居民还是没有散去，只见三辆警车顶上的小型探照灯亮了起来，将这幢三层建筑周围照得亮如白昼。

"在屋顶上，瞧，那不是铁人Q吗？他正站在屋顶上呢！"

人群里有人大声呼喊着，人们的视线不约而同地投向屋顶。

瞧，铁人Q身后不远的地方，出现了中村警部和另一个警察，屋顶上"猫捉老鼠"的游戏开场了。

霎时，三盏探照灯的灯光同时移向屋顶，为中村警部等人助威。

铁人Q爬到屋脊中段，中村警部等人也向那里爬去。

忽然，铁人Q的背后好像有黑影在移动。此人身着黑色服装，头戴黑色蒙面套，好像在指挥铁人Q的举动。

这个时候，人群里又传出狂叫声。

原来，站在屋脊中段的铁人Q脚底打滑，向地面坠落。

探照灯紧随着铁人Q移向地面。突然！传出金属碰撞在地上的响声。

黑暗中，两个警察向铁人Q扑了上去。

留守在警车里的警察们，把坠落在地上的罪犯围了起来。

看热闹的人群，如潮水般地涌上来。

铁人Q仰面倒在地上，身上的金属结构被摔得四分五裂，铁肚子破了，大小齿轮从肚子里滚了出来，撒满了一地。

中村警部和少年侦探们跑下楼梯，围着铁人Q的残骸进行检查。

动力来自齿轮的铁人Q，居然能行动自如，简直不可思议。

"中村警部，爬到五重塔顶上以及抢劫银行和钻石的是另外一个铁人Q，外表与这具残骸完全相同。口袋小和尚还说，铁人Q有一对！一个像呆头呆脑的机器人，另一个是真正的人，说话自如，行动自由自在。"

小林蹲在中村警部的边上，一边检查铁人Q的残骸，一边报告。

"嗯，我一开始就非常怀疑，人造的机器人，不可能像人类那样行动自如。这具铁人Q残骸是用来迷惑人的，真正的铁人Q是某个人戴上铁面具化装的。最初，铁人Q从老爷爷家出逃的那一次开始，就一直是两个铁人Q在作怪，当时那个逃走的铁人Q，就是人扮演的。"

中村警部与小林少年一边检查，一边讨论。

"刚才，这家伙看似逃到了屋脊中段，其实是另一个蒙面人在暗地里操纵的。现在，应该是我的部下把他抓来的时候了。"

中村警部说完转过脸朝玄关方向看去，果然，警察抓住了一个蒙面人并朝这里走来。

中村警部与那个警察说了几句，而后一把扯掉了歹徒脸上的蒙面套。

这个歹徒三十来岁，满脸横肉，一看就是一个穷凶极恶的歹徒，他肯定是老爷爷的部下。

这家伙把铁人Q带到屋顶上，制造铁人Q逃跑的假象。

"喂，还有一个与铁人Q相似的家伙逃到哪里去了？你肯定知道，快说！"

中村警部大声吼道。

"我怎么知道，再说也没有你说的那种人。"

这家伙百般狡辩，不说实话。

那么，老爷爷和化装成铁人Q的家伙到底躲在别墅的哪里？按理说他们不可能逃走，猛然间，小林的衣服被人拽了一下，他转过脸一看，拽衣服的不是别人，正是机灵的少年侦探口袋小和尚。瞧他脸上那对眼睛又大又亮，这表明他肯定有重要情报。

无人快艇

"铁人Q和那个老爷爷，肯定是穿过地下的秘密通道逃向水里了。这幢别墅的地下有水，与旁边的江水是通着的。那两个家伙多半是潜水到江底，然后浮出水面，再坐上前来接应的小快艇逃走！"

口袋小和尚把嘴凑到小林的耳朵跟前，轻轻地说道。

"是啊，这个可能性很大，太谢谢你提供了这么重要的情报，我立即报告中村警部，让他派人监视附近的江面。"

小林少年说完，急忙走到中村警部的身边重复了口袋小和尚提供的情报。

"好，立即监视别墅前面的江面及其周围，我再通知水上警署，请求支援警力和快艇并加强水上巡逻。"

中村警部命令几个警察立即赶到与别墅平行的江边监视动静，又命令一个警察使用警车移动电话，请指挥中心通知水上警队支援大型快艇。

"好，现在我们到江边去等大型快艇。"

中村警部带着小林和口袋小和尚向江边的石梯台阶方向走去。

"铁人Q和老爷爷肯定是从地下通道逃到河里的。"

口袋小和尚一边沿着石梯台阶向下走，一边眺望昏暗的江面说。

突然，口哨声传来了。

那是警察们发来的信号，向中村警部报告他们已经到达指定位置。

果然……

昏暗的水面泛起了白色的浪花，一艘快艇正

在朝远处驶去，为防止暴露，快艇没有打开夜间照明灯。很显然，这艘快艇上有铁人Q和那个老爷爷。

大快艇呢？怎么还不来呀？眼看这艘快艇就要消失。瞧它行驶的速度，犹如气垫船似的，几乎腾空飞行，大型快艇若再迟来一步，他们将会坐失良机。

中村警部和小林如同热锅上的蚂蚁，一筹莫展，他们的脚踩在被凉水浸泡着的石梯台阶上，焦急地望着江面。

"瞧，我们的大快艇来了！我们在这里，快靠过来！"

中村警部一边声嘶力竭地叫嚷，一边挥舞着手臂向快艇打手势。

灯光立刻移向中村警部这里，照得他们连眼睛也睁不开，快艇缓缓地向他们靠近。

三个人登上快艇，由中村警部担任指挥官，快艇上还有六个警察，是水上警队派来的。

"铁人Q和老爷爷乘坐的小快艇，距离我们大约两百米，快把灯光照向那里！"

中村警部说完，灯光犹如白色的利剑，穿过黑暗直刺小快艇逃走的方向。

"不好，目标像黄豆那般大小了，快追！那肯定是铁人Q的小快艇，请全速追上它！"

无论小快艇是否全速，也绝对比不上水上警察的大型快艇，两艘快艇的前后距离越来越小。

大快艇上备有高倍望远镜，中村警部把眼睛凑到望远镜跟前。

"瞧，铁人Q叉开腿站在船尾呢，一脸凶相可恶极了。快！再加速！别磨磨蹭蹭的！"

中村警部的语气里，似乎还不满意大快艇的速度。

目标越来越近……也不知为什么？小快艇的速度，骤然减慢了。

已经不需要望远镜了，凭肉眼就能看清楚铁人Q的外貌。在强烈灯光的照射下，站在船尾的铁人Q正用右手挡住眼花缭乱的光线，左手不停地晃动。

"哼，瞧你们这副狼狈相！"

铁人Q大声嘲笑着警方。

"还不快投降！"

中村警部一边骂，一边吓唬对方。

"啊哈哈哈……"

前方传来铁人Q的狂笑声。

突然！小快艇如箭一般地加速逃跑。

于是，两艘快艇又开始竞赛。突然！小快艇调转方向，朝着大快艇全速驶来，眼看双方就要相撞了。

"不好，小快艇的引擎没有了！大概是机器发生故障了！"

瞧！小快艇的船尾不仅站着铁人Q，旁边还站着那个白发苍苍的老爷爷，他俩的脸上看不到有半点的惊慌。

大快艇遂向小快艇靠上去，当两艘快艇就要靠在一起的时候，警察们一个箭步地跳到小快艇上。

可是，铁人Q和那个老爷爷既不抵抗也不逃走，仍然目不转睛地看着冲上来的警察们。咦，他俩这是怎么了？恐怕……

　　警察们奋勇扑上前去，当他们的手触及他俩的身体时，方知上当了，不是真的铁人Q和老爷爷，而是稻草人。它们分别穿着铁人Q和老爷爷的外套。

　　"怎么回事？他俩藏到哪里去了？"

　　中村警部惊讶不已。

　　"船上除两具稻草人外，什么人也没有。"

　　一个警察大声报告。

　　"那，他俩是跳水逃走了。"

　　中村警部神情颓然，满脸失望的表情。这两个歹徒一定是在小快艇驶离灯光射程时，迅速将外衣套在稻草人身上而后跳水逃之夭夭的。

　　大快艇在这一带江面上搜索了整整一个通宵，却一无所获。

　　铁人Q和老爷爷到底逃向哪里了？此时此刻，他俩肯定又躲在某个阴暗的角落里！

分身之术

    那以后的一个月里，东京市里平安无事。

    有一天，北见菊雄与小学六年级的中井一起，在银座大街上散步。他是第一个见到行动自如的铁人Q的少年，而且是在那个可疑的老爷爷家里。

    中井已经加入少年侦探团，是一名光荣的少年侦探，胸前别着一枚精致的团徽。北见十分羡慕，多次要求中井介绍自己加入少年侦探团，由于没有获得小林团长的批准，他还不能参加少年侦探团的活动，当然，胸前也没有团徽。

    已经下午三四点钟了，可大街上身着时髦服装的男男女女依然络绎不绝，大街上熙熙攘攘的。沿街的落地橱窗里，陈列着各种各样的商品，可谓琳琅满目，应有尽有。

中井和北见肩并着肩，穿过银座第四街，又经过银座第五街和银座第六街。

突然，他俩发现前面的转角上站着一个三明治食品推销员，正向行人散发着商品广告。

北见似乎想起了什么，叫了一声并停住了脚步。

"你怎么了？脸色这么难看，是身体不舒服吗？"

中井惊奇地问道。

"快！你跟我到那里去……"

北见轻声地说道，用眼神示意中井随自己隐藏在沿街橱窗的侧面。

"瞧那个三明治食品推销员，就是胸前背后挂着大广告板的那个家伙，正向行人散发广告呢。看见了吗？那家伙是谁？是铁人Q呀！他那张雪白雪白的脸，给我的印象太深了。我记得很清楚，那张脸是铁制的，眉毛、眼睛和鼻子等都是用颜料画的。"

中井隔着橱窗玻璃，认真地观察起三明治食品推销员来，那模样和举止也确实怪怪的，鲜红的嘴唇，雪白的脸，脸上毫无表情，就像贴在脸上的那种假面具。

"如果那家伙真是铁人Q，过路行人也不会无动于衷吧！刚才，警察还在旁边经过呢，可并没有把那家伙抓起来呀！"

中井表示怀疑。

"那是因为大家都没见过铁人Q的缘故，尤其不会想到铁人Q会如此大摇大摆，招摇过市。"

"照你这么说，那家伙肯定是铁人Q？"

"我不会看错的，一定是的！我们去报警好吗？"

"好，我赞同。不过，我们最好再跟踪一会儿，看他晚上回到哪里。"

在少年侦探团里，中井和伙伴们经常协助警方破案，特别在跟踪方面，他还真是个好手呢！

两个少年躲在橱窗侧面，四只眼睛紧盯着

正在散发着商品广告的铁人Q，他们足足观察了三十分钟。

天色渐渐变暗，傍晚来临了，三明治食品推销员把剩余的商品广告夹在腋下，朝前走了。

两个少年互相使了一下眼神，毫不犹豫地跟了上去。

那家伙走到地铁口，沿着楼梯向下朝站台走去，两个少年也装作乘坐地铁的模样，继续跟踪。

站台上，停有一辆开往涉谷的电车，那家伙跨上电车，两个少年也跟着跨上电车。

车厢里站满了乘客，十分拥挤，那家伙叉开双腿，手握住电车中间的金属立柱。

周围的乘客不时地用眼光瞟向这张雪白的脸，觉得滑稽而又可笑。目睹这家伙前胸后背挂着的广告板，都以为是三明治食品推销员，也就没有人将这家伙与铁人Q联系起来。

电车到达涉谷站后，那家伙混在人群中走下站台，走出地铁口，沿着热闹的大街向北面走去。一会儿后，他进入一条宁静的住宅街，继续大踏步地向前走着。

黄昏又将接近尾声，夜幕已经徐徐拉开，道路两旁，是一长溜的混凝土围墙。这个地方，路上几乎看不到行人。

在这样的街道上跟踪犯罪嫌疑人，很容易暴露跟踪者的意图，换作大白天，根本就不可以跟踪，幸亏天色暗淡，两个少年才得以与"目标"保持着必要的跟踪距离。

走了一会儿，陈旧的红砖围墙出现在眼前，一会儿后，黑色而又沉重的大铁门出现在眼前。

化装成三明治食品推销员的铁人Q推开铁门，朝里面走去，两个少年隐藏在附近的电线杆后面，用眼睛继续追踪着。

铁门里边是院子，再里边是两层楼的红色砖墙别墅。铁人Q走到玄关跟前推开门，消失在建筑物里。

"怎么办？"

北见少年望了一眼中井的脸，轻声地征求意见。

"我们也进去，调查一下别墅里边的情况。"

中井说完，带头朝大铁门里边的院子走去，北见也不甘示弱，壮起胆子跟在中井后面。

他俩穿过院子，来到玄关木门的外侧，竖起耳朵倾听，别墅里什么声音也没有。

"走，绕到别墅旁边，找一找窗户。"

中井说完，轻轻地绕到别墅侧面。

侧墙面上有好几个窗户，大多没有亮灯。只有一楼东侧的窗户亮着灯光，光线十分微弱。

中井向北见打了一下手势，朝有灯光的窗户靠近。

虽说是一楼的窗户，但距离地面很高，即便伸长脖子也要踮起脚尖，否则无法看到房间里的情况。中井在院子里找了一圈，总算找到一个较大的空木箱，并把它轻轻地搬到窗下，然后他们站在木箱上，睁大眼睛朝里边看去。

这是老式窗户，窗孔不大，玻璃窗紧闭，还拉上了窗帘，可窗帘两边向中间交汇的地方留有一丝缝隙，从缝隙可以看清楚房间里的情况。

中井和北见一起站在木箱上窥视，房间里模糊不清，面朝窗户的墙上挂着与整个墙面一样大的黑色布帘，铁人Q背朝着布帘站着。

两个少年脸贴着窗户玻璃，屏住呼吸，继续观察。

就在这一瞬间，奇迹发生了。

铁人Q举起双手抓住自己的头部向上一拽，脖子连着脑袋被拔了下来。

这家伙果真是机器人！正因为是铁制的机器人，即使拔掉脑袋也不会有什么大的影响。

铁人Q把拔下的脑袋连同脖子放在桌子上，再将两只手在空中转来转去。猛然间，两只手朝上挥去，笔直地飞向天花板，随后无影无踪了。

铁人Q失去了脑袋、脖子和双手，只剩下身体和两条腿。没有脑袋和手的怪物，看着实令人毛骨悚然。

一会儿后，铁人Q开始原地踏步，身体留在原来的位置，两条腿则单独朝前迈步，并且绕着房间四周转圈。

"啊！"

两个少年瞪大眼睛，嘴里轻声地叫起来。突然，铁人Q的两条腿也消失了，不知去向。刚才还待在原来位置的身体，开始在黑暗里飘起来。瞬间也消失地无影无踪，仿佛变成了透明的烟雾。

　　突然间，被放在桌子上的铁人Q脑袋微微晃动起来，脸上堆满了笑容，鲜红的嘴唇变成圆形，好像在哈哈大笑。

妖怪别墅

两个少年不由得打起了退堂鼓，急忙从大木箱上跳到地面，由于紧张，他们差一点摔到地上。

"嘿嘿嘿……"

夜幕笼罩下的院子里，传来一连串的冷笑声，他俩连忙转过脸，只见黑暗里站着一个孩童，模样酷似妖怪。

从窗户透出的灯光映照在小妖怪的脸上，竟然是经常在漫画书里出现的"一只眼小和尚"。宽大的额头中央仅有一只眼睛，鲜红的嘴唇分别朝上朝下张开，一直在笑着。

小妖怪看上去没有脚，当连衫裙向上飘起的时候，腰以下部分没有任何东西，唯独额头中央长着一只眼睛。

两个少年惊叫起来，拔腿就跑，忽然小妖怪开口说话了。

"别跑，别跑，我有话跟你们说。"

小妖怪声音甜美，好像是少女在说话，根本就不是什么小妖怪。

两个少年停住脚步定睛一看，这才恍然大悟，连衫裙下边的两条细腿上，穿的是黑色连裤丝袜，因为与黑夜混为一体，故而看不见腿。

"不要紧张！我不是什么妖怪，我叫三千代。"

少女说话的声音，清脆而又响亮，她举起两只手摘下戴在头上的纸糊面具，露出一对水汪汪的大眼睛。从少女的脸上，找不出与普通人有什么特别的地方。

"怎么？你不是一只眼小和尚吗？"

中井终于松了一口气问道。

"不是的，我只是模仿小妖怪。"

"你为什么模仿小妖怪？你住在这里吗？"

"我不住在这里，我是被机器人绑架到这里来的。"

"什么！被绑架来的？你说的那个机器人是不是铁人Q？"

"我不知道那机器人叫什么，反正是铁制的'人'。"

看来，铁人Q没有停止绑架少女，他曾经绑架过村田绿子，并把她带到上野公园的五重塔里，这一回也许是故伎重演，绑架了这个少女。

"那，你逃走不就行了，为什么甘心情愿地待在这里呢？"

中井问道。

"逃是逃不走的呀！就是你们俩，同样也是逃不走的。"

少女说着，伸出食指指向他俩背后的黑暗处。黑暗里，好像有什么东西向他们走来，越来越近，越来越清楚。

那家伙脸呈正方形，似小木箱一般，胸部和腹部是正方形，手和脚是细长方形，酷似粗壮的棍子，走路的步伐跟机器人一样，个头远远高出普通的成年男子。

黑暗里，机器人不仅一个，相同模样的机器人，两个、三个……陆陆续续地走过来。

清一色的机器人，正方形的脸盘，正方形的身体。

四个机器人把两个少年围在中间，每迈一下脚步，就会发出齿轮转动的声音。

"怎么样？逃不走了吧？这些家伙躲在暗中监视着，一旦逃跑失败，后果则不堪设想。"

少女说话时，声音依然响亮而又清脆，脸上看不出任何害怕的表情，可两个少年却紧张起来，浑身颤抖，连话也说不出来了。

"这儿非常有趣，这里是妖怪别墅。因此，我也被强行化装成一只眼小和尚！可我没有一点恐惧感，因为我很坚强，所以根本不在乎。待在这儿，我觉得非常愉快，从现在开始，你俩也必须与我一样在这里生活，也要每天化装成像我一样的小妖怪。"

少女说出这么一大堆惊人的话。

"你说我俩也必须化装成妖怪？"

中井惊恐万分。

"那当然！这幢别墅里尽是妖怪，我们都是妖怪的同伙。"

"你习惯做妖怪，可我们不愿意，我们再不回家，会挨大人骂的。"

"我不是说了嘛！你俩已经回不了家了！起初我也打算回家，却受到了严厉的惩罚。这种惩罚，普通人是受不了的。我受不了了，只好答应了。自从化装成妖怪以后，再也没遇上什么麻烦，相反，一天三餐不仅能吃饱，还有鱼有肉。"

两个少年听到这里，还是不明白少女说的究竟是什么意思。尤其是变成妖怪后还可以吃上好东西，他俩实在是听不明白。

总之，无论有多么好吃的东西，也不能在这妖怪别墅里待下去，更何况这里还住着可怕的铁人Q，跟这种恐怖的家伙住在一起怎么行！

中井和北见相互使了一下眼神，转身撒腿就跑，可他俩早已陷入重围之中。那四个机器人一边发出齿轮声，一边围着他俩打转。

紧接着，机器人的四对眼睛射出八道灼热的红光，机器人正方形的脸上，镶嵌着乒乓球似的大眼珠子。

包围圈越来越小，他们已经没有周旋的余地。

他俩胆战心惊，赶紧用两只手捂住眼睛，蹲在了地上。

四个机器人各拽住少年的一只手，押着他俩朝前面走去。他俩晕头转向，不知道机器人究竟要把他们押送到哪里去。

当他俩睁开眼睛的时候，才发现已经来到房间里了，也不知是什么时候被押到这里的。房间里没有机器人，也没有化装成一只眼小和尚的女孩，只有一个高大而又可怕的家伙看着他俩，不停地哈哈大笑。这家伙是铁人Q！

刚才，这家伙的脑袋、手和脚不是被肢解了嘛！现在，怎么又恢复了？而且还是站在原来的位置。

"哈哈哈……让你俩受惊了！其实，你俩只要乖乖地待在这里，就不会受到任何惩罚的。不过，这里的所有规定，你俩必须遵守。由于这里是妖怪别墅，你俩也必须变成妖怪。从现在起，你俩都必须穿上这外套，戴上这个一只眼小和尚的面具。"

他俩顺着铁人Q手指的方向望去，桌子上已经整整齐齐地放着两套黑色衣裤和面具。那面具与小女孩脸上戴的一模一样。

两个少年无可奈何，拿起面具正要戴在脸上，突然，房间里的黑色布帘前面，出现了白色的东西，顷刻间，那东西腾空飘浮着，朝他俩飘来。

"啊！是骷髅……"

北见吓得脸色青一块紫一块的。

"嘻嘻嘻，怎么样？这里可是真正的妖怪别墅！你俩最好仔细看一下，这骷髅到底想干什么？"

站在一旁的铁人Q，皮笑肉不笑地说。

骸骨一边手舞足蹈，一边转圈。转眼间，手离开身体飞向天花板。接着，腿又不见了，身体也消失了。最后，房间里仅剩下骷髅留在原来的那张桌子上。

"嘻嘻嘻……这魔术的奥秘你们清楚了吗？"

铁人Q一边笑，一边问道。

"这我清楚，是黑色魔术！我没说错吧？"

中井叫嚷着回答。

"就算对吧，那你说说看是怎么一回事？"

"这房间里的所有灯光不是朝着黑色布帘，而是对准我们照射，这就是黑色魔术的关键所在。也就是说，站在黑色布帘前的人，从我们这里是看不清楚的，唯一能让我们看清楚的，仅仅是白色的东西。

"人穿上黑色衣裤，在其表面用白色颜料画上骸骨图案，出现在黑暗里的是白色骸骨，而我们由于被灯光照射得眼花缭乱，面对着白色的骸骨图案，会信以为真。

"至于骷髅留在桌子上和两只手飞上天花板的

奥秘，是这么回事。首先，你将骸骨模特儿的脑袋和手蒙上黑布后隐藏在黑暗处，而后由身穿黑色衣裤的人，在黑暗处操纵骸骨模特儿。

"一旦取下蒙在上面的黑布，骸骨模特儿的脑袋和手就出现了。再蒙上黑布，骸骨模特儿的脑袋和手又消失了。刚才，铁人Q的脑袋留在桌子上，就是那样的手法。"

中井解开了黑色魔术之谜。

"真了不起！你说得对极了，可我这妖怪别墅里，不光有黑色魔术，还有其它鲜为人知的秘密机关和暗道。今天的表演就到此结束，现在，我让手下带你们到宿舍去。"

铁人Q说话时的语气，显得非常平静。

团徽的魅力

　　"叔叔，街头巷尾的人们都在议论铁人Q，能不能告诉我们，铁人Q是怎么回事？真实姓名是什么？还有，叔叔软禁我们的目的是什么？"

　　中井毫不畏惧，大声责问，铁人Q那张没有表情的铁脸望了一眼中井，不怀好意地奸笑起来。

　　"嘻嘻嘻……我就是我，叫铁人Q。至于把你们软禁在这里的目的，是想与你们的家长做一笔交易，换取你们家的传世珍宝。试想，不把你们当作人质，目的能达到吗？嘻嘻嘻……喂，你过来！给我把这两个小家伙送到六号房间去。"

站在门外的部下恭恭敬敬地走进来，犹如老鹰抓小鸡似的，抓住他俩的手。

"来！跟我走！"

他们在走廊上一连转了好几个弯后，突然，背部被猛推了一下，他俩摔倒在地上，紧接着门被关上了。

房间里积满了厚厚的灰尘，空气潮湿，墙边放着一张小铁床。门外侧被上了锁，他们再也无法逃走了。墙上只有一个小窗户，外侧装着防盗铁栅栏，两个少年无精打采地躺在铁床上，瞪大眼睛望着模糊不清的天花板。

床上放着两套化装成小妖怪的道具，黑色的衣裤，一只眼小和尚面具。刚才押送他们的那个歹徒说，必须尽快换上。

两个少年躺在床上，相互间半晌没有说话，过了一会儿，还是中井打破了沉闷的氛围，他侧过脸，眼睛里闪烁着异样的神色。

"嘿，我想出好办法了！"

说完，他猛地从床上跳下来，朝窗户跑去并

打开玻璃窗户。窗外尽管装有防盗铁栅栏，可窗户内侧没有上锁。窗外是高高的围墙，虽说从窗户看不到围墙外边的情况，但可以想象围墙外边是一条街道。

"好极了！只要把它扔到围墙外边，咱俩就有获救的希望。"

中井边说边从口袋里掏出铅笔和纸，写了几行字后递给了北见，征求他的意见。

十万火急

小林团长：

你好！

我和同学北见菊雄被坏蛋们软禁在这张地图上的欧式别墅里。这里是铁人Q的贼窝，请快来营救我们出去。

少年侦探 中井 敬上

中井在信的下端，画上通往这座别墅的路线示意图，并标明别墅所在的方位。纸上面还重点标明了如何到麴町明智侦探事务所的路线和方位。

地图下端，又写上了一段内容。

无论是谁，如能把这封信尽快地送到明智侦探事务所，这枚亮晶晶的徽章就奖给谁。事后，我还会当面重谢的。

北见在阅读这封信的时候，中井把手揣在口袋里，不知把什么东西弄得哗哗直响，紧接着他摊开手掌给北见看。原来，他手掌里放着一枚银光闪闪的少年侦探团团徽。

北见并不清楚团徽的作用。其实，团徽是少年侦探的侦探七道具之一。所谓侦探七道具，各有各的用途，相互不可替代。中井急中生智，想起了团徽的用途。少年侦探团团徽的作用到底是什么呢？该如何使用才能发挥它的作用呢？

神奇的七道具

　　不用说，团徽是佩戴在胸前的。佩戴团徽者，证明自己是一名光荣的少年侦探团的团员。团徽的形状是圆的，徽章中央刻有少年侦探团的英语缩写字母"B·D"，是凸体，十分醒目。

　　团徽，也是少年侦探的侦探七道具之一。至于七道具的具体内容，我们不妨先来介绍一下：

　　1.B·D团徽；

　　2.钢笔形状的手电筒；

　　3.磁铁（辨别方向）；

　　4.哨子；

5.单柄放大镜（寻找指纹和脚印）；

6.小型望远镜（虽说是双筒，可只能用一只眼睛观看。它可以放在口袋里，是袖珍式望远镜）；

7.小笔记本和铅笔。

除此以外，还有绳梯。每隔三十厘米有一根横绳，用来踏脚的。绳梯端部有铁爪钩，挂在墙上可以爬上爬下。绳梯长度大约五十米，虽结实但很细。

不过，绳梯只有小林团长等三个人可以随身携带，普通团员都没有。有人需要时，可以向小林团长借用。

绳梯，商店里没有，是明智大侦探自行设计制作的。北见还没有被批准加入少年侦探团，不知道七道具究竟是怎么一回事。中井向他做了耐心的解释，可他还是无法理解，尤其团徽在侦探方面的用途。

"这B·D团徽为什么是七道具之一呢？它到底有什么用途？"

中井一边将手中的二十个团徽弄得哗哗响，一边解释其作用。

"它的用途可多着呢！例如我们被坏蛋抓住或押送的途中，可以按照一定的间距，一边走一边悄悄地把团徽扔在地上，标记押送路线。只要它被我们少年侦探团的团员发现，就可以立即知道是谁落入魔掌，大家沿着团徽示意的线路追踪就可以找到被关押的地方。

"另外，遇上坏蛋追来时，可以将团徽当作石块来击打敌人。团员被关押的时候，可以将写好的便条用团徽包得结结实实的，而后从窗口扔到围墙外的街道上，拾到团徽的小朋友，会按照便条上标明的路线找到麴町的明智侦探事务所，这样被关押者便可得救。

"我现在所做的，就是这个。"

"噢，我明白了，你快干呀！"

北见恍然大悟。

"像这样一张纸，是难以扔到围墙外边去的。可如果用它把团徽包起来，就可以轻松地扔到围墙外边的路上，而且肯定会有人发现它并捡起来。

如果是大人便会立即明白是少年侦探的紧急求援信。如果是少年或者儿童，因为喜欢 B·D 团徽，会十分乐意地坐上地铁去麹町的明智侦探事务所送信的。"

北见解释完毕，中井走到窗前，用纸把团徽裹得紧紧的，瞄准窗外铁栅栏的空隙，使劲向围墙外扔去。由于现在已经是夜晚，歹徒一般不会察觉，到了明天，一定会有人捡起它的。

他俩完成"写信"任务后，如负重释地躺在床上并交头接耳起来……也不知是什么时候，两个少年进入了甜甜的梦乡。

魔法钥匙

次日，明智侦探事务所里热闹极了，少年侦探口袋小和尚一大清早就来到了事务所，与明智大侦探的少女助手真由美小姐和少年助手小林聊天。这天，明智大侦探半夜里接到受害人委托，清晨就出远门了，据说是去福岛县侦破一起大案。

口袋小和尚口齿伶俐，脑子里装着许多笑话和故事。小林团长喜欢他，他也敬重团长。他把小林团长当作自己的偶像，并亲昵地称小林为哥哥。

三个人正说得起劲时，门口传来了敲门的声音。小林站起来开门，只见一个六年级学生站在门外的走廊上，气喘吁吁的。

"这个，是我在涉谷捡到的，信上说送到这里，我就送来了。"

少年说完，把中井写的信递给小林，果然不出中井所料，有人将信及时地送到了指定地点。

"太谢谢你了！明智先生已经外出，我是他的助手小林，请把信交给我就行了。"

小林接过信，那个送信少年睁大眼睛盯着小林的脸。

"你大概是小林团长吧！我早就想拜访你了。我有一个愿望，想申请加入你们少年侦探团，行吗？"

"对于你的申请，我们需要作一番了解后才能研究。这样吧，你进来坐一会儿吧，先让我把这封信看完再说。"

小林说完，把信从头到尾看了一遍。原来，中井和北见被软禁在涉谷区的一幢别墅里。小林把信递给真由美小姐和口袋小和尚看，而后认真地商量起来，接着小林还拨通了中村警部的电话。

"是中村警部吗？我是明智侦探事务所的小林芳雄。铁人Q的贼窝已经被我们发现了！不过，我们有两个小伙伴被关押在那里，我想马上到那一带调查一下，去之前先去拜访您。"

"好呀！那我等你。"

口袋小和尚抓着小林的手腕，请求道。

"小林团长，求你了！让我一起去好吗？"

"好吧，咱俩一起去，还有这位送信少年，请你担任向导。"

一个小时后，小林、口袋小和尚以及送信少年一行三个人，一同来到刑侦一科，见到了身材魁梧的中村警部。随后，他们与中村警部就如何潜入贼窝将歹徒一网打尽的方案进行了研究，经过半个小时的讨论，中村警部最后敲定了方案。

"依我看，最好是在天黑以后潜入，你们三个人的晚饭我已经准备好了，黄昏后出发，到达那里正好天黑。"

"是！"

三个少年笑嘻嘻地望着警长，挺起胸膛大声

回答。

中村警部从抽屉里取出拴有许多钢丝的钥匙圈，交给小林。

"这是万能钥匙，不管什么型号的锁，这上面的钥匙都能打开。小林，用它营救你的两个小伙伴吧！"

对于专门行窃的歹徒来说，只要有一根钢丝就可以打开各种锁，而正规的万能钥匙都是经过特殊加工的。

"呵！这真是万能的魔法钥匙。"

小林一边赞叹，一边小心翼翼地把它揣在内衣口袋里。

且说铁人Q的大本营——妖怪别墅的周围，黄昏早已过去，夜幕正在降临。

别墅的大铁门关得紧紧的，只见一个矮个头的少年，沿着大铁门爬到了院子里。随后，他打开了大铁门上的锁，轻轻地拉开了大铁门。

一个少年模样的身影穿过大铁门窜入院子里，同时又闪入三个身着西装的大人。随后，大铁门被无声地关上了。

爬大铁门的那个少年是口袋小和尚，随后潜入的少年，是小林。那三个大人，是中村警部以及两个刑侦警察。

中村警部这回一共带来十个警察，其余八个警察埋伏在围墙外边，做好随时接应的准备。

小林和口袋小和尚悄悄地来到别墅的后面，寻找入口。终于，他俩发现厨房门没有上锁，经过一番侦查后，确认厨房里确实空无一人。于是，他俩穿过厨房朝别墅里边走去。

走廊上没有灯，黑乎乎的。两个少年一边摸索，一边放慢脚步向纵深走去。

根据送信少年的回忆进行判断，大致明白了中井和北见被关押的方位。此刻，他俩正朝着那个方向前进。

终于，他俩找到了那个房间，口袋小和尚爬到窗户上侦查，看到铁床上坐着两个少年，一个是陌生少年叫北见菊雄，另一个是少年侦探中井，中井与口袋小和尚一样都是少年侦探团的团员。

小林从口袋里掏出万能钥匙，试着插入锁孔。

当第三把万能钥匙插入锁孔的时候，门锁被打开了。

以四对一

　　见小林和口袋小和尚走进房间，中井和北见吓了一跳，原来是小林团长来救他们了，他们激动得欣喜若狂，差点喊出了声。

　　小林准备带两个少年按照来时的路线撤出别墅，然后再请示中村警部。此刻，中村警部正在厨房门外等候着。

　　小林说完，中井喜形于色，刚想说什么致谢的话。突然，他伸出食指指着嘴巴嘘了一声，又指了一下房门，示意大家别说话。随后，他走到门口把耳朵贴在门上。

走廊上传来了脚步声，正在慢慢朝这里靠近。

"是铁人Q的部下送饭来了，正巧现在是送饭时间。"

中井压低着嗓门。

糟了！好不容易把他俩找到了，偏偏这时候出现了送饭的人，怎么办？

"我们还是藏起来吧！"

口袋小和尚说道。

"不行！这房间里没法藏。"

中井说道。

"好，那我们把他抓起来，他是一个人，我们是四个人，不管他有多大力气，毕竟是一对四，绝对打不过我们的！"

小林一边说，一边把缠在腰上的细绳梯解开，再从袋子里掏出小刀把它割成三段。

先将两把椅子放在门的两侧，再将绳索拉紧拴在两把椅子的腿上，做成绊索。

小林动作非常敏捷，绊索刚制作完毕，就传来铁人Q的手下那到达门口的脚步声。

小林把剩余的两根绳索的其中一根交给中井，自己手上拿着一根。然后，他让大家拿出手帕集中交给口袋小和尚。

　　这些少年头脑灵活，眼急手快，而且配合默契。突然，小林和口袋小和尚一弯腰，迅速地钻到床底下。

　　这个时候，门口传来钥匙插入锁孔的声音。

　　"咦，怎么搞的？噢，大概是我刚才离开的时候忘记锁门了！"

　　他推开房门大步朝里边走来，手上托着大银盘，银盘上放着好几盘子菜，热气腾腾的，香味扑鼻。

　　哗啦啦啦……

　　送饭的歹徒被绊索绊倒在地，摔了一个跟头，饭、菜和汤撒了一地。

　　"上！"

　　随着小林一声令下，四个少年犹如四只勇猛的小老虎，奋不顾身地冲上去扑到歹徒的身上。尽管四个少年压在他的身上，可他还是歪着嘴巴直叫唤。大概是刚才绊倒在地的时候身体受伤了！他挣扎着想爬起来，可怎么也起不来。

终于，当他知道是怎么回事的时候，手脚已经被结结实实地绑了起来。他张开嘴巴欲大声喊叫，口袋小和尚赶紧掏出四块手帕塞到他的嘴里，噎得他差点喘不过气来。他那狼狈不堪的脸上，又是泪水又是鼻涕。

"好了，中井，北见，我带你俩出去，把你们交给厨房外的警察。走吧，快跟我走！"

小林一边催促，一边走出房间并朝厨房的方向走去，口袋小和尚跟在最后担任警卫。

走出厨房，中村警部以及三个警察正等在那里。

"中村警部，这是中井和北见，请把他俩带到外面去吧。我和口袋小和尚再回到别墅里寻找铁人Q，找到以后再通知你们，请等着我们的好消息吧！"

小林和口袋小和尚迅速转过身返回妖怪别墅。

他俩回到刚才的房间里，那个歹徒仍然躺在原地。看来，铁人Q好像还没有察觉别墅里的"突变"。

"口袋小和尚，我俩化装成小妖怪侦查一下吧。瞧，这儿正好有两套黑色服装和两个面具。戴上面具可以遮住我们的脸，无论谁见了，准以为我们是中井和北见呢！"

他俩穿上黑色的衣裤，戴上面具，房间里顿时出现了两个小妖怪。

"走，我们现在去侦查整个别墅，如果找到铁人Q，就立即报告警方。"

他俩走出房间来到走廊上，随后将门锁上了。他俩一前一后，朝纵深处走去。不一会儿，他们来到了走廊尽头。

"奇怪！走廊两侧怎么连一个房门也没有？我看还是原路返回吧！"

他俩打算原路返回，转身一看，刚才通向厨房的走廊上，出现了一堵厚实的墙。眼下，既没有门也无路可走。

"咦，怎么回事？瞧，这走廊四面怎么都是墙。"

"嘻嘻嘻……小林团长，因为这里是妖怪别墅，我们好像喝了铁人Q的迷魂汤了。"

爱说笑话的口袋小和尚，若无其事地说笑着。

此刻，走廊变成了长度十米左右的狭长"集装箱"，没有门也没有窗，两个少年被关在这里出不去了。

因为是妖怪别墅，这里无疑布满了暗道机关，一旦无意中碰上什么机关，走廊就会不知不觉地变成没有门窗的"集装箱"。

小林在"集装箱"里转来转去的，就是找不到门在哪里。忽然，他发现走廊尽头的角落里有一个开关模样的东西，向外凸出。他用手指试着按了一下，堵住走廊的那堵墙轻轻地开了，出现一条狭窄的地下通道。

"走，进去看看。"

"嗯，眼下就这个出口了，只有硬着头皮走下去看看。"

他俩钻到黑暗的通道里，摸索着前进。

刚走了五米左右，就走到了尽头。不过，这里有门，小林上前推开小门。

两个少年朝里边走去，突然，电灯亮了，灯光刺得他俩眼花缭乱，两眼直冒金星。

　　"哦，别再往前走了，快原路返回！"

　　小林赶紧转过身来，可刚才进来的那道门，不知什么时候已经关上了，小林使出全身的力气推，可是门却岿然不动。

陷入妖群

　　他俩被关押的地方，其实是一个十分奇怪的房间，整个房间处在银光的包围之中。房间的面积很大，几乎看不到四周的墙在哪里。房间里，刚出现一个"一只眼小和尚"，转眼间周围出现了成千上万个相同的"一只眼小和尚"，而且簇拥在他俩的周围。

　　小林和口袋小和尚只觉得眼前天旋地转，双手紧紧地捂住眼睛，卷缩在地上。

　　妖怪别墅，真可谓名副其实。出乎意料的是，在这幢妖怪别墅里，居然还有远远超过整幢别墅面积的房间。

按理说，现实生活中不可能有这样的怪事，一定是铁人Q的妖术在作怪！

片刻后，他俩睁开眼睛偷偷地朝四处张望。

"呀！不行！周围还是跟刚才一样，可怕极了。"

恐怖的是，数以万计的一只眼小和尚，正面朝着他俩。

更恐怖的是，所有一只眼小和尚都整整齐齐地蹲在地上，姿势一模一样。

小林鼓起勇气伸出手，拽住口袋小和尚的手一起站起来。

令他俩不寒而栗的是，一只眼小和尚也同时站了起来，目不转睛地看着他俩。幸运的是，这些妖怪没有向他俩扑来。

小林和口袋小和尚朝妖怪群跨出一步，妖怪群也朝他俩迈出一步。

就这样，双方僵持了好一会儿，数以万计的小妖怪开始手舞足蹈起来，但他们动作整齐，仿佛跳起了集体舞。

"快看背后！"

这个时候，口袋小和尚拉着小林的手轻声地说道。

小林转过脸去，背后数以万计的小妖怪拼接起来，变成了一块巨大的铁板。

他俩刚从房门进到这个房间，房门与他俩的间隔应该是一米左右。可现在，却无限扩大并变成了遥不可及的距离。

一向胆大心细的小林少年，此刻也开始腿酥脚软起来。

这个时候，口袋小和尚却伸出手握住小林的手，示意他低头观察脚下。

小林低头看向地面。

猛然间，他仿佛觉得自己的身体在空中飘浮，又似乎觉得从高高的悬崖跳了下去，剧烈跳动的心脏，好像堵在了喉咙。

呀！脚下似乎变成了万丈深渊，那里也有数以万计的小妖怪挺胸凸肚，倒栽葱似的悬挂着。

小林顿感一阵眩晕，赶紧抬起头朝着天花板看去。谁知天花板上的情景，更是难以言喻。

这个时候的天花板，变成了一望无际的宇宙。飘浮在空中的数以万计的小妖怪，也是倒栽葱似的悬挂着，而脸却朝着他俩。

小林和口袋小和尚赶紧收回视线，用双手捂住眼睛。然而，呼吸不知什么原因变得急促起来，他俩急忙用手在脸上胡乱地扯弄起来。片刻后，他俩如梦初醒，忽然傻笑起来，原来他俩的脑袋上都戴着面具呢！

"哦，我们是戴着一只眼小和尚面具到这里来的。嘿，我俩也变成小妖怪了！嘿嘿，要不是察觉得快，我还真差点忘了呢！"

小林一把卸下脸上的面具，口袋小和尚也跟着卸下面具。于是，眼前、背后、天花板以及脚下的情况全变样了，刚才数以万计的一只眼小和尚变成了普通的少年，所有的脸都长得一模一样。

左边是高个子，右边是矮个子，中间隔有一个人的距离。周围和上下，也是数以万计的高个子和矮个子聚集在一起。

咦，这高个子和矮个子的脸怎么这么熟悉，好像在哪里见过？

小林摸了摸脑袋，嘴里喃喃自语。

"噢，我明白了！原来是这么回事。"

"啊哈哈哈……原来是这么回事，啊哈哈哈……"

口袋小和尚也笑着附和。

"啊哈哈哈……"

小林跟着笑出了声。

群妖的真相之谜，终于被他俩的智慧给解开了。

随着他俩的哈哈大笑，周围和上下的高个子、矮个子少年们也张开大嘴狂笑起来。

"啊哈哈哈……"

凡肉眼能看到的地方，都是两张不同的脸，都在哈哈大笑。

"嗨，真是虚惊一场，这不就是镜子屋吗？"

小林说完向前跨了一大步，伸出手触摸了正面的大镜子。

"四周和上下都装有大镜子，因为镜子相互反射的缘故，扩大了房间的空间和面积，其实这房间不过三十平方米左右。瞧，一卸下小妖怪面具，周围的镜子里立刻恢复了我俩的真面目。口袋小和尚，这道理你明白了吗？"

"明白了，是镜子在作怪……"

口袋小和尚开始玩起了恶作剧，一会儿戴面具，一会儿卸面具。他这一戴一卸，镜子里也出现了相同动作。有趣的是，镜子里一会儿是数以万计的一只眼小和尚，一会儿是聚集在一块的口袋小和尚。

镜子屋的秘密解开了，也就用不着害怕了，他俩开始合计办法，怎么逃出镜子屋。

就在这个时候，不知从哪里传来哈哈大笑的声音，震得他俩赶紧用手捂住耳朵。

"啊哈哈哈……"

周围和上下的镜子里出现了满目凶光的脸，是铁人Q的脸，宛如用蜡雕刻而成。

"喂，你们这两个小家伙，真是胆大妄为，竟敢闯入我的妖怪别墅，不仅悄悄地救出了两个被我关押的少年，还居然扮成一只眼小和尚在我的别墅里横冲直撞。我这个人呀，天下没有什么事情能瞒过我的眼睛。

"你俩是谁？我一清二楚，高个子是小林，矮个子是口袋小和尚。哇哈哈哈……你们不请自来，太好了！我应该举行盛大的庆祝会，欢迎你俩才对。比起被你们救走的那两个少年，还是你们这两个家伙与我之间的仇恨更深。

"好吧，你俩现在既然来了，总不能白来一趟吧，应该成全你们才对。让你俩开开眼界，看看我的妖怪别墅里究竟有多么神秘，到底有多么恐怖。当然，我也想见识见识你们这两个小兔崽子是怎么屁滚尿流的。啊哈哈哈……不管怎么说，我还是很同情你们的，奉劝你们最好别粗心大意！"

话音刚落，成百上千个浮现在空中的铁人Q的脸瞬间消失了。

原来，在侧面的镜子上方有一个圆形小窗户。打开小窗户，铁人Q从那里探出他那张脸，对小林和口袋小和尚说话。于是，在镜子的相互反射下，那张脸变成了数以万计的脸。

虽说群妖聚集的秘密已经真相大白，可恐怖感还时不时地占据了他俩的精神，尤其是铁人Q刚才说过，这幢别墅里还有更可怕的东西。

就在这一刹那间，脚下的地面变成了黑洞，铺设镜子的地面突然消失了。

他俩不约而同地大叫一声，身体犹如断了钢缆的电梯直线下落。

地底下的森林

刚才的周围是银光闪闪，现在的周围是伸手不见五指，小林和口袋小和尚同时掉到了漆黑的地底下。

原来，他俩脚下的地面虽铺有镜子，可它是通向地下的一个洞口，装有活动盖子。铁人Q按动了控制开关，于是盖子开启了。

虽说镜子屋在一楼，可镜子屋下面是地下室，或者说也有可能是深不可测的枯井。

小林和口袋小和尚在向下坠落的瞬间，都以为自己要到上帝那儿报到去了。

他们的屁股与地面猛烈撞击，还好地面不是水泥混凝土，而是柔软如沙发之类的东西，身体好像也没有骨折。

一会儿，他俩才睁开眼睛，环视了一下模模糊糊的四周。

"奇怪，奇怪呀！周围怎么是数不清的参天大树呢。瞧！地面是松软的草皮，真不可思议，地底下怎么有树林呢？"

也许是幻想吧，或许是妖怪别墅里的妖雾所致，周围长满了大树，树与树之间几乎没有空隙，头上是密不透风的枝叶，犹如黑压压的乌云压在头顶上。

"瞧！"

这个时候，口袋小和尚似乎发现了什么。

"树林中间好像有什么东西在闪光，是一只眼小和尚！"

小林顺着口袋小和尚手指的方向，朝那里望去。

"恐怕是被软禁在这里的那个小女孩，刚才中井还提到过她呢！"

"嗯，是。小林团长，我想出好办法了！"

思路敏捷的口袋小和尚灵机一动，计上心来，便附在小林耳边轻轻地说了几句。

"好，就按你说的去做，不过，别吓着那个女孩子！"

小林提醒道。

口袋小和尚戴上面具也扮演成一只眼小和尚，穿过树林，向对面的一只眼小和尚靠近。

一会儿，只见一只眼小和尚来到小林身边，却一声不吭地站在旁边。小林也默默无言，与旁边的一只眼小和尚呆呆地站在一起。

一会儿，前面传来十分奇怪的响声，好像是风的呼啸声。猛然间，直径一米左右的大树倒在草地上，倒在地上的大树却在不停地挣扎着，似乎想爬起来。

那棵大树的身体是深蓝的颜色，大树爬起来后，慢慢地朝他俩靠近，还不时地传出响声。

树，不可能像人那样在地面行走，这到底是怎么回事？

奇怪，树的上端怎么嵌有两只大眼睛，大得犹如汽车前边的一对灯罩，眼睛射出的光不是白色，而是蓝色，酷似磷火。

原来，那是一条大蟒蛇，像这样粗壮的大蟒蛇，无论哪一家动物公园里都不可能有。

"哇！"

口袋小和尚惊叫一声，双手紧紧地抱住小林，全身上下直打哆嗦。对他来说，像这样的惊吓反应，还是第一次，像这样的懦弱表现，似乎与以勇敢无畏而著称的口袋小和尚判若两人。

刚才去了那么一趟森林，回来就好像变了一个人似的。可小林还是沉着、冷静，丝毫没有慌张。他双手紧紧地抱着戴着一只眼小和尚面具的口袋小和尚，给他壮胆，鼓励他别害怕。

大蟒蛇与他俩之间的距离，越来越近，他俩不由得挪动脚步，向后退却。

大蟒蛇晃动着镰刀形状的脑袋，蓝色的眼睛瞪着他俩。那张开的殷红颜色的嘴巴，呈"O"字形状。

大蟒蛇的嘴巴，大得简直能一口吞下他俩。嘴巴里面红红的，上下两排锯齿形状的牙齿排列得整整齐齐的，两侧各有一颗匕首般的獠牙，泛着白色的寒光。火苗般的暗红色舌头，不停地向前伸展，转眼间长舌头伸到小林的脸上，一个劲地狂舔。然而，舌头上没有一点热量，冷得像一片薄薄的冰块。

　　"嘻嘻嘻……"

　　大蟒蛇的喉咙里发出笑一般的响声，难道大蟒蛇会笑!

　　大嘴巴在小林面前张开，仿佛要将他一口吞下，小林本能地朝大蟒蛇喉咙的深处看了一眼，脸色猛地苍白起来，一副魂不守舍的模样。

　　大蟒蛇的喉咙深处，有一样奇怪的东西，形状凹凸不平，不知何物。从外表看上去，又大又白又圆，还有鼻子、眼睛和嘴巴，与人脸没有什么两样。

　　刚才的笑声，看来不是来自大蟒蛇，而是来自大蟒蛇喉咙里的那张人脸。

"嘻嘻嘻……"

是的，确实来自那张人脸的嘴巴，他还张着鲜红的嘴巴在笑呢。

怎么回事？这个家伙，莫非被大蟒蛇吞到肚里去了？如果真是这样，他的笑声不可能如此轻快。莫非被大蟒蛇吞入喉咙里后受到了巨大的惊吓而精神错乱了！

小林和口袋小和尚被这突如其来的恐惧，吓得连上下两排牙齿也跟着打起架来。

这个时候，大蟒蛇喉咙深处的那个怪物，竟然笑着爬了出来。

"嘻嘻嘻……"

这种令人魂飞魄散的情景，令小林一生都难以忘怀。

怪物是谁？是铁人Q！大蟒蛇是人造的，行动依靠机械的动力，其喉咙及其以下部位藏着铁人Q。铁人Q伪造大蟒蛇，以此吓唬两个少年侦探。

铁人Q全身爬出来后，叉开双腿站在他俩跟前。

"啊哈哈哈……让你们受惊了！这就是我发明

的人造森林。刚才恐怖的一幕还仅仅是个开始，等待你们的还有许多'好戏'，比刚才的还要精彩。我要让你俩受尽惊吓，在这黑暗的地底下受尽折磨，以解我的心头之恨。小林，你没想到吧？就连你这个小有名气的少年侦探，居然也被吓得心惊肉跳，真没出息！"

铁人Q幸灾乐祸地挖苦着小林。

小林并不服气，反问铁人Q。

"我怎么心惊肉跳了，承蒙你带领我们在妖怪别墅里参观，还真大开眼界、大饱眼福呢，太精彩太有趣了！就说那条大蟒蛇吧，就是人造的！有什么好怕的，这里所有看似可怕的东西，没有一样是真的，全都是你一手制造的。所以说，我一点也不害怕，比起我来，还是你多加小心为好，悬崖勒马，好自为之，才是你唯一的出路。"

"什么？你这小子竟然口出狂言，真不知天有多高地有多厚，别忘了这里是地底下的森林，别不当一回事。虽说你嘴上不认输，但我想你心里已经认输了。这样吧，还是请你认真想一想眼前的利害关系。在这里呢，充其量只不过就你们俩，势单力薄，而我的部下远远超过你们两个，而且都是大人，也就是说你俩就是插上翅膀也逃脱不了的。"

"你门缝里瞧人，是不是太小看我们了。还有，你是不是把自己也估计得太高了一点。虽说这儿只有我和口袋小和尚，但就我们的智慧也远远超过你的脑袋，我奉劝你别说大话，还是收敛一点吧！"

铁人Q沉默了片刻，脸上表情变得可怕起来。也许他在思索小林可能设有什么圈套，或许……这两个小兔崽子敢在自己的大本营里要什么花招，哼！非得教训教训他俩不可。

不过，还是先探一下他们的虚实吧！尤其是那个机灵鬼口袋小和尚，钻东钻西像条泥鳅，而且鬼点子特别多。

"喂，你这个平时废话连篇的口袋小和尚，怎么不说话？到底怎么了？咦，我怎么觉得你这小兔崽子的模样很可疑呀！喂，你平时瘦小的体形怎么变胖了？"

他瞪大眼睛，盯着戴面具的口袋小和尚。

"嘻嘻嘻……你总算察觉到了！"

小林面对着铁人Q，嘲笑起来。

"你不是口袋小和尚，快把面具拿下来！"

小林伸出手帮着拿下了面具，原来这小家伙的确不是口袋小和尚，而是一个可爱的女孩子。

"咦，你是三千代……"

铁人Q惊叫起来，这小女孩就是中井和北见曾经见到过的那个一只眼小和尚妖怪。

"没错，是她。口袋小和尚和她互换了身上的衣服。"

"那口袋小和尚去哪儿了？"

"他为了尽快与大门口守候的警察联系，由这位小姐带路，顺利地溜出了别墅。"

铁人Q如梦初醒，双手抱着脑袋，一会儿，他疯狂地吼了起来。

"好，你们犯下了不可饶恕的弥天大罪，我决不能轻饶了你们，我要让大蟒蛇一口吞下你们……"

说完，他将手放在大蟒蛇脑袋的旁边，按了一下开关模样的东西，于是刚才还呆头呆脑、躺在一旁的大蟒蛇，突然张开大嘴朝他俩扑来。

飞行的电梯

大蟒蛇鲜红的嘴巴距离他俩越来越近，马上就要吞下他们了。

这个时候，森林前面传来枪声。

铁人Q、小林和三千代不约而同地向森林望去，只见许多人在树林里穿梭着，向这里飞奔而来。

走在最前面担任向导的，是身穿红色服装、把一只眼小和尚面具夹在腋下的口袋小和尚。他的身后，有六个身着警服头戴大檐帽的警察。他们个个荷枪实弹，神情威严，刚才的那声枪响是朝天鸣放，主要是吓唬一下铁人Q。

"铁人Q，你跑不了了，我是中村警部。"

跑在前面的警察，大声喊道。这位中村警部，在歹徒中间一直享有"鬼警察"的美誉，只要提到他，歹徒们便会骂声连天，咬牙切齿。他和明智大侦探是好友，经常在一起探讨案情、协同破案。

由于他俩的紧密合作，加上少年侦探们的密切配合，东京市里没有什么破不了的案件，迄今为止，已经侦破了无数起大案和要案，获得大家的称赞。

"啊哈哈哈……中村警部，你终于露面了，可惜，你是永远抓不到我的！无论什么时候，我都留有一手，不信你就试试看……"

铁人Q皮笑肉不笑地说着，突然撒开双腿朝相反的方向飞跑，或许是机器人的缘故，他的奔跑速度快得惊人。

眼看就要被大蟒蛇吞入肚子里的小林和三千代被救出后，与警察们一起追赶铁人Q。那个受机械操纵的大蟒蛇，由于不能自行改变方向，只得眼睁睁地看着差点到手的小林和三千代。

铁人Q在树林里到处乱窜，只见他忽然掀开一大片挂在树上的黑色布帘，朝着走廊的方向跑去。

那里停着一部小型电梯。

铁人Q飞身跳上电梯，使劲关上电梯铁门，当警察们匆匆赶到时，电梯已向上升起。

电梯旁边是螺旋形状的楼梯。

"快，上楼梯追，地下室上面只有一楼和二楼，我们一定能抓住他。"

中村警部大声命令，带头朝楼梯跑去，警察和小林也紧跟在警长后边。

这幢妖怪别墅，包括地下室也总共只有三层楼，给这样的建筑安装电梯，简直不可思议，可能地下室里有高大的树林，从地下室的地面到一楼的距离比较长，故而需要电梯。

或许，另有别的什么原因，事实正是如此！要不了多久，亲爱的读者就能明白铁人Q为何要安装电梯了。

中村警部带着六个警察以及小林三步并作两步地沿着楼梯走在最前面，而口袋小和尚与三千代小姐则走在最后，上到一楼后，他俩朝着少年侦探团把守的大铁门跑去。

电梯徐徐上升，追电梯的警察们则跑得上气不接下气。电梯与警察之间，似乎展开了一场登高竞赛，就在电梯升向二楼的时候，电梯里传出铁人Q的嘲笑声。

"啊哈哈哈……人与电梯比赛登高，太有趣了！不管怎么说，人的两条腿是比不上电梯的。啊哈哈哈……跑快点！可爱的警察们，再跑快点呀！"

铁人Q的声音越来越小，突然消失了。

"好，就剩下最后的二楼了，我们一定会抓住你的，大家再加把劲！"

中村警部大声吼道。

警察们大汗淋漓，气喘吁吁地来到三楼的电梯，可电梯还没有到达三楼，还在慢慢上升，此刻,刚露出电梯的顶部。

"好,马上就可以抓住铁人Q了,这里是电梯的终点,不可能再往上了,大家准备好,别麻痹大意!"

中村警部一边分析,一边为大家打气。

三楼电梯口是格栅形状的铁门,透过电梯玻璃,可以清楚地看见铁人Q的身影。

"啊哈哈哈……中村,你终于爬到这里了,真难为你了,可我这个电梯往上是没有终点的。这个,你没有想到吧。我刚才不是对你说了嘛,不管什么时候,我手上一直握有金蝉脱壳的绝招,这下你该明白我说的意思了吧!啊哈哈哈……"

话音刚落,电梯穿过屋顶向天空飞去。铁人Q的笑声,似乎也飞向九霄云外,警察们惊讶不已,呆呆地看着电梯从自己的眼前消失。

"咦,电梯怎么会飞向天空?"

中村警部抓住格栅铁门向上看去,嘴里大声说道。

电梯如箭一般地飞出电梯井,直向天空"射"

去，宛如飞向宇宙的人造卫星。

怎么回事？铁人Q的电梯居然能冲出屋顶！简直让人无法想象！虽说铁人Q只是机器人，可背后隐藏着一个无所不能的白发专家。无疑，这个白发老人精通魔法。他的发明，他的创造，远远超出常人的想象。

妖怪别墅的电梯井，原本就没有顶。平时，电梯井的"天窗"拴着一只大气球，随风摆动。

电梯一冲出"天窗"，大气球便高高飘起，带着电梯扶摇直上。

大气球底部有一只轻金属材料制作的塞子，塞子上拴着一根细而结实的钢丝，插在电梯内侧。

只要拽动这根钢丝，金属塞子就会打开，气体就会从大气球内喷出。

此刻，气球随风缓缓地向北飞去。

飞行了一公里左右，下边是一大片空旷的广场。铁人Q俯视着广场和周围，随后用手拽动那根钢丝。

于是，气体从大气球里喷出，气球表面开始

出现皱纹，逐渐失去了飘浮的力量，缓缓地降落在广场上。

铁人Q从口袋里掏出一封事先写好的信，放在电梯里，而后整理了一下被风吹乱的头发和服装，走出电梯后飞奔而去。

接到中村警部的紧急报告后，直升机朝这里飞来。三十分钟后，直升机发现了降落在广场上的大气球。然而，铁人Q却早已不知去向，广场周围也没有找到任何线索，因而也无法确定铁人Q的逃跑路线。

直升机机首的照明灯，照亮了整个广场，大气球里的气体已泄去了一大半，正在地上随风摆动，大气球的旁边竖立着那台飞出屋顶的小型电梯。

用于制造这台电梯的材料，是一种重量轻但质地坚硬的金属板材。驾驶直升机的警察走到电梯里搜查了一番，发现了一封信。

信上是这样写的：

中村警部:

从现在起，一个月内将发生震惊东京乃至日本的大事件。当然，这出闹剧的主角就是我。届时，我一定邀请小林与口袋小和尚。你就等着看好戏吧！

铁人Q　敬上

怪人王牌

　　且说妖怪别墅里，中村警部打完电话后，带着众警察和小林等人在别墅的上上下下展开搜查。片刻后，他们抓获了铁人Q的五个部下，其中有一个化装成组合式方形机器人的家伙，曾经吓唬过北见和中井。

　　他们抓住的那个送饭的家伙，也被警察戴上了手铐。

　　在妖怪别墅里，除了三千代小姐外，还有两个被关押的少女，他们也被迫穿上红色的服装，戴上一只眼小和尚的面具。现在，她俩也获得了自由。

可奇怪的是，就是没有找到那个怪老人。按理说，这个有着一头白发的机器人制造专家，理应在这幢别墅里。

铁人Q如果真是机器人，这位制造者无疑要接受法律的惩罚。再者，倘若铁人Q不是机器人，而是人在机器人的躯壳里作怪，那罪孽深重的怪老人，将等待着法律的严惩。

既然铁人Q逃之夭夭，那就必须抓获怪老人，可是不管警察们怎么搜查，连一点线索也没有找到，中村警部和小林遗憾极了！

这个时候，距离别墅很远的方向，突然传来哨声。

"听，是哨声！不过与我们警察的哨子声音不一样……"

中村警部用怀疑的语气喃喃自语。

"那是我们少年侦探团的哨子声，也就是我们使用的侦探七道具之一。刚才救出北见等人的时候，我请求一个警察给明智侦探事务所打了一个电话，通知在事务所待命的五个少年侦探团团员迅速赶到这幢别墅的周围布控。现在的哨声，意思是发现了可疑的人物。走，我们立即赶到那儿去！"

中村警部和小林冲出了别墅，警察们则留在别墅里看管着铁人Q的部下们。

在妖怪别墅后面的围墙外边，出现了可疑情况。从事务所直到这里布控的五个团员，都是初中一、二年级学生，身体十分强壮。

少年们与在别墅外边布控的警察们商妥后，挑起了在别墅后面布控的担子。

这里是一大片空地，长满了野草，五个少年趴在草丛里，严密监视着周围的动静。

片刻后，他们发现正前方的墙壁上有一个黑影，肯定是歹徒！

少年们立刻警觉地摆出了冲锋的架势。

这个时候，黑影从围墙上跳了下来。

于是，少年们突然从草丛里站起，一个箭步冲了上去，抓住了对方。黑暗里，五对一的搏斗开始了。

"这家伙是白发老爷爷！"

不知是谁喊道,大伙一听就更来劲了,瞬间制服了怪老人,于是其中的一个少年吹起了哨子。

刚才,中村警部和小林在妖怪别墅里听到的,就是这哨子声。

一会儿,他们赶到了这里,给怪老人戴上了手铐。

"谢谢你们!我们找这个怪老人,找了好半天,现在终于抓住他了。"

小林高兴地表扬了自己的五个部下,中村警部也连声称赞。

"任务完成得很好,你们快回家吧,免得家人为你们担心。"

警长用关爱的语气对大家说着,他还让小林和口袋小和尚带上五个少年乘坐出租车回家。

坏蛋们被押上警视厅的大警车里,并朝拘留所方向驶去,不料在途中却出现了麻烦。

由于是凌晨,道路畅通,很少遇到车辆,一路上十分顺利。突然,对面驶来一辆黑色的卡车,而且占用了警车的行驶车道,驾驶员避闪不及,导致两辆车正面相撞。

幸亏双方驾驶员都刹住了车，虽然车损不严重，也没有人受伤，可相撞的一刹那间，不知怎么的，警车的门被弄开了，坐在旁边的怪老人趁机逃出警车。

怪老人是一个擅长魔法的家伙，警方"特别照顾"他。不仅给他戴上手铐，还用绳子栓住他的左手，由坐在旁边的警察牢牢牵着。

因此，老人一旦逃走，他旁边的警察也无疑跟着一起跳到了车外。

没有防备的警察从车上滚到了地下，但两手却死死地拽着绳索，他迅速站起身，欲将老人拽回来。

然而，这怪老人的力量要远远超过警察，相反把警察拽着往前跑，当跑到有一座公众电话亭的地方时，怪老人跑入电话亭内并迅速将门关上。

即便如此，警察还是没有松开手中的绳索，他立即朝电话亭的门猛扑过去，就在这时，电话亭内的灯熄灭了，灯泡被怪老人打碎了。

"混蛋，快出来！躲在这种电话亭里能跑掉吗？别给我装蒜，还不快老老实实地走出来！"

警察大声呵斥，门开了，怪老人走了出来。

"嘻嘻嘻……我是跟你开玩笑的！请放心，我是不会逃跑的。"

老人一边说一边低头朝警车走去，随即从后边的车门坐到车里。

突然，警察端详了老人一眼，大叫一声。

坐在座位上的，不是刚才的那个白发老人，而是一个年轻人。他脸上的五官与那个白发老人完全不同，身体比老人结实，个头也高出许多。

这到底是怎么回事啊？警察手上攥紧的绳子，一刻也没有松过呀！怪老人在公众电话亭里也仅仅待了几分钟而已。莫非这年轻人早就躲藏在电话亭里等待着与怪老人交换？

可这一瞬间的工夫，又怎么可能呢？警察的手里一直握着那根连着怪老人的绳索。老人也不可能在那么短的时间内解开自己手腕上的绳索，将它系在年轻人的手腕上，再解开手上的手铐，并将它铐在年轻人的手腕上。

"年轻人，刚才那个老人是你化装的？你在电话亭里扯下假胡子和发套，恢复了现在的模样，是吧！"

"不是的。"

年轻人说道。

"我是这儿附近的朝日文化用品商店的营业员，三十分钟前，我路过那个电话亭的时候，有两个不明身份的歹徒围上来，强行将手铐铐在我的手腕上，硬把我推入电话亭里。我是被歹徒打昏了并倒在电话亭内的，等到我苏醒的时候，突然见一个满脸凶光的老头闯了进来。

"他关上门后就打碎灯泡，用戴有手铐的手，握着匕首割断手腕上的绳索，再将绳索系在我的手腕上。随后他躲在电话亭的角落里把门打开，硬将我推出来了。"

"你说的这一切是真的吗？为什么不早说？快，快把绳结给我看看！"

"瞧，警察手上握着的绳索与系在我手腕上的绳索是一回事。"

细一看，果然警察手上握着的绳索，与系在年轻人手腕上的，是同一根绳索。

"照你这么说，怪老人还躲在电话亭里，快去把他抓来。"

警车上的警察们一起从车上跳下来，跑向电话亭，到了门前，他们用手电筒朝电话亭内照着，然而里面空荡荡的，除了电话机以外，什么也没有。

警察返回警车后问年轻人。

"你当时为什么不说？电话亭里没有灯光，我还以为你就是那个怪老人呢！"

警察恼羞成怒，年轻人则耷拉着脑袋，哭丧着脸。

"我的头被打昏了，脑子里稀里糊涂的。"

"你刚才说你是朝日文化用品商店的营业员，是真的吗？"

"当然是真的，商店就在这前面，你去问一下店主，让他告诉你，我是真的还是假的。"

于是，警察找到朝日文化用品商店，喊醒店

主辨认。经过店主辨认，他确实是该店的营业员，叫松井。

"原来是这么一回事！太委屈你了，快解开他手上的手铐和绳索，请店主带他回去吧。"

于是，松井和店主一起走了。通常，罪犯逃跑的情况必须立即向上级报告，大警车火速驶向了警视厅。

朝日文化用品商店店主与松井营业员一起，在昏暗的大街上一边走一边说起了悄悄话。

"嘻嘻嘻……这些警察又中了我的计！他们竟然一点也没有察觉朝日文化用品商店的店主是我的部下，嘿嘿嘿……"

"太顺利了，您的化装术太高明了，刚才还是一个白发老头，摇身一变，就成了二十岁左右的年轻人。打碎灯泡，割断绳索再重新系在手腕上，动作太利索了。嘿！这次警察们又上当了，首领，您的智慧总能高出对手一筹，佩服，佩服呀！"

年轻人和怪老人是同一个人。当怪老人扯下头上的发套、嘴上的假胡子和脸上的假皱纹时，就变成了年轻人。他的原形说不定真是年轻人!

朝日文化用品商店的店主得知首领被捕并正在押解的途中,于是在大警车必经的路上,准备了一辆黑色卡车,故意在电话亭附近与警车相撞,配合怪老人实施金蝉脱壳之计。

在朝日文化用品商店门前,年轻人与店主分手后,随即消失在浓浓的夜幕里。

银幕怪脸

二十天后的一个晚上，小学六年级学生浅野行夫跟妈妈一起去丸内的日本电影院看电影。在东京，这家电影院是一流的。最近，该电影院正在举办颇有人气的漫画电影周。据说场次场场爆满，等退票的人也很多。浅野行夫和妈妈一起经过检票口，在电影院里找到了自己的座位。

电影已经上演了一半，银幕上出现贵族姑娘驾驶帆船受到海盗船攻击的激烈场面。此刻，海盗船已经靠近帆船，海盗们正在爬向帆船，贵族姑娘危在旦夕，情况十万火急！

这是一部彩色宽银幕电影。

这时画面切换，银幕上放映出海盗首领的模样，还是个特写镜头。

忽然，海盗首领的脸消失了，取而代之的是一张凹凸不平的大脸。与此同时，伴奏的击打乐停止了，整个电影院出奇的寂静，而银幕上的那张凹凸不平的大脸，却在大笑。

"奇怪，怎么是铁人Q！快看，这是铁人Q的脸！"

大家相互间窃窃私语起来，没有人敢大声说话。

这张脸与报上刊登的铁人Q模拟画完全相同。突然，电影院里喧闹起来，一些顾客离开座位，朝出口方向挤去。

就在这时，画面上的脸又忽然消失了，银幕上漆黑一片，放映员好像察觉到了什么，关了放映机。

过了一会儿，银幕又亮起，电影继续放映。

贵族姑娘被押送到海盗船上的首领房间里，她似乎已是筋疲力尽了，倒在长椅子上直喘粗气，首领站在贵族姑娘面前，不知讲了些什么。

银幕上画面切换，刚才铁人Q的大脸再次出现，脸色雪白，眼睛里布满血丝，嘴唇红红的，嘴巴呈"O"字形，正在哈哈大笑。

"啊哈哈哈……"

电影院里回荡起令人毛骨悚然的笑声。

观众们再也坐不住了，纷纷站起身来，争先恐后地朝出口跑去。然而，歇斯底里的狂笑声仿佛紧随着跑向出口的观众，一浪高过一浪。银幕上的大脸盘，正张开红红的大嘴，看似想要一口吞下在场的所有观众。

这个时候，电影院里已乱作一团，狭窄的走廊上人头攒动，你推我搡。一些弱女子被推倒在地上，许多孩子被踩在地上，哭声和叫喊声犹如大合唱，此起彼伏。

行夫和妈妈好不容易挤出狭小的走廊，来到休息大厅，这里也是人头攒动，人们如潮水般地朝电影院大门口涌去。

忽然，行夫感觉到自己的左右手臂被紧紧地挽着，不用说，有妈妈的手，可挽自己左臂的，却好像是男人的手。

大概是爸爸的手，可爸爸没有来看电影呀，大概是熟悉的叔叔，可是，这也不太可能呀！

冰冷的手，不像是人的手。手指像是铁制的，正攥着自己的手臂。

行夫琢磨到这里，不由得吃了一惊，赶紧抬起头来辨认。

不好！这家伙是那个可怕的铁人Q。

行夫叫了起来，想使劲挣脱铁人Q的手。

妈妈也察觉到铁人Q不怀好意，想帮助行夫拂掉铁人Q的手。可铁人Q走到右边一把挽住行夫的右臂，用另一只手猛地将他的妈妈推开。妈妈被推得差点摔倒在地。刹那间，妈妈与行夫之间的距离，被涌上来的人流隔开了。

观众们依然相互推推搡搡，没有注意到这可怕的一幕。妈妈被潮水般的人群簇拥着，淹没在人海里。

铁人Q身上的西装敞开着，表情镇定自若。慌慌张张向外涌出的人们只顾自己逃跑，谁也没有注意到铁人Q也挤在人群里。行夫刚要大声喊叫，就被铁人Q用宽大的铁手一把捂住了嘴巴，导致他被憋得脸色发紫。

行夫被铁人Q拽着走到电影院外面的大街上，路边停着许多轿车。他们走到其中一辆黑色大轿车旁边，铁人Q猛地拉开车门将行夫推到后排的座位上，自己也跟着坐到后排座位上，驾驶员猛地转过头朝行夫傻笑。

"首领，一切顺利吗？"

"嗯，太顺利了，这小子叫浅野行夫，是浅野先生的宝贝儿子，我不会弄错的。"

轿车慢慢启动，猛地加大油门快速飞驰起来。

"嘻嘻嘻……首领，铁人Q的特写镜头大显神威呀！"

司机阿谀奉承，讨好着主子。

"我的脸不仅被放大，而且还是彩色的呢！更绝的是，喇叭里还配有我的笑声，能把这样的镜头和笑声巧妙地剪接在电影胶卷上，简直是一大奇迹。放映员望着银幕上的可怕镜头也惊呆了，不知如何是好，仿佛看见了妖怪。在这么多的观众面前，运用特技干一番轰动社会的大事，这就是我的嗜好，我的特长。"

铁人Q的脸上堆满了滑稽的表情，似乎在自言自语，嘴角上堆满了得意的笑容。

铁人真相

　　铁人 Q 的手搭在浅野行夫的肩膀上，就像抱着一个孩童似的。其实，浅野行夫不可能从车上逃走。

　　司机好像是铁人 Q 的部下，头戴鸭舌帽，鼻梁上架着黑边眼镜，满脸胡子，目光凶狠。

　　"知道去哪里吗？"

　　铁人 Q 问道。

　　"我当然知道。"

　　司机回答。

　　车风驰电掣般地向前行驶。

大约行驶了五十分钟后，路两旁变得冷清起来。片刻后，轿车停在漆黑的空地上。

不知咋的，原本寂静的空地上忽然变得热闹起来，空地上出现了许多人影，朝轿车飞奔而来。

人群一边喊叫，一边蜂拥而至。

"快打开手电筒！快打开手电筒！"

于是，几十支手电筒的光束一起射出，照亮了轿车的全身。

那些人影的身高和喊叫声，似乎不是大人而是些孩子。他们个个身穿运动服，人人手握手电筒。这群少年运动员聚集在这片荒凉的空地上，究竟在干什么？

"你们是什么人？干什么的？"

铁人Q打开车窗喊道。

这个时候，人群中间走出一个身高最高的少年，怒视着铁人Q的脸庞。

"我们是少年侦探，是奉命来抓你的。"

这张少年的脸好像在哪里见过。噢，想起来了，是小林，少年侦探团的团长，还有许多少年的脸，也好像在哪里见过。小林团长的背后，跟着一个矮个子少年，叫口袋小和尚。再后边，是擅长拳击的井上和胆小如鼠的野吕，一共三十多个少年侦探，个个摩拳擦掌，人人义愤填膺，把轿车围得水泄不通。

他们中间，一部分是流浪儿别动队的队员，平时执行侦查任务时，他们一直是衣衫褴褛，蓬头垢面，可今天仿佛都变了个人似的，穿着漂亮的运动服。不知为什么？看来，其中必有奥秘。

原来，在破获"假面具背后的恐怖王"案件过程中，小林和口袋小和尚在山洞里发现了古金币，一共有五十多箱。为了表示感谢，古金币的继承人重奖了少年侦探团。

奖金五百万日元交由明智先生保管，用于购置侦探装备。听说少年侦探们希望拥有无线手机，明智先生一下购置了十多个手机，提高了侦探过程中的通信效率。

持有手机的少年侦探们在侦查过程中，只要一发现可疑线索，就可以随时与明智侦探事务所联系，不必到处找电话亭。他们即便落入歹徒的手中，也可用手机请求明智侦探事务所营救。

给少年侦探们配备手机后，明智先生又给每个少年侦探定做了统一服装。粗看似运动服，细看却不同。瞧！他们有"B·D"徽章，帽子上都挂着"B·D"头徽。

铁人Q紧盯着统一着装的少年们，不明白他们围上来是为什么。可当他认出小林团长和口袋小和尚后，方知陷入了少年侦探团的包围。

"喂，快驾车离开！再磨蹭，遇上明智可就大祸临头了！快加大油门，把他们驱散。"

铁人Q大声命令着，可司机好像没有听见，他没有踩油门，也不按喇叭，轿车仍然"原地踏步"。

"喂，听见我的话了吗？你到底怎么了？"

铁人Q说完，用手猛敲了一下司机的肩膀，司机转过脸来，脸上没有任何表情。

"啊！你是……"

铁人Q猛地愣住了，简直无法相信自己的眼

睛，也不知什么时候，司机的脸变了，变成了一张陌生的脸，一张没有胡子的脸，一张绅士模样的脸，刚才的那副黑边眼镜，也不知扔到什么地方去了。

"你，你是谁？"

"哈哈哈……我是谁？我是你的老对手明智小五郎。"

司机说完，脱下鸭舌帽，露出明智大侦探的真面目。

"这，这，你，你……"

铁人Q结结巴巴，语无伦次。

"你的那个司机，早已被押送到拘留所了。我借用了他脸上的假胡子和黑边眼镜，化装成你的司机。"

"你是什么时候化装成司机的？"

"就在你混入电影院的时候，我独自一人坐在车上，足足等了你三十多分钟！"

"你怎么知道这是我的车？"

"哈哈哈……你觉得奇怪吧！当东京发生妖怪

别墅事件的时候，我正巧接到委托，到福岛县侦办另一起案件。我侦破后回到东京，便立即投入这起案件的侦办工作。这起案件的切入点，则是朝日文化用品商店，我从那里发现了疑点，于是便从那里开始调查取证。

"那个自称营业员的年轻人，就是那个经过化装的白发老人，早已溜之大吉，而跟踪朝日文化用品商店店主的侦探，也就是我的部下，报告说你打算大闹这个电影院，并趁混乱之际绑架人质。

"于是，我提前埋伏在这个电影院附近，等到你走出轿车进入电影院的时候，我们抓获了你的那个司机。他向我坦白了一切，说你今天的最后目的地是这片杂草丛生的空地。我便通知少年侦探们在这里布下天罗地网，守株待Q。"

"别造谣，我的部下没有孬种的，决不会说出一个字来。"

铁人Q说。

"你不信？好，我来解释一下吧！我对你的部下说了某个人的外号，他马上老老实实地交待了一切，表示愿意与你一刀两断。喂，你那臭不可闻的雅号，难道没有告诉你的那些忠实的部下？"

"什么？你说我有外号？"

"是的，你有外号。"

"我没有外号，我就叫铁人Q！这是我的真实姓名。"

"哼，大家都知道你叫铁人Q。不过，你确实有一个无人不晓的外号。"

"你，你想说什么呀？"

铁人Q不露声色，可全身已经微微颤抖起来。

"你想听吗？"

"是的，你说说看呀！"

"你的真实外号，就是那个臭名昭著的二十面相！"

明智大侦探用食指指着对方的脸说道。

铁人Q一听便慌了神，推开车门冲出去。

可轿车周围已被团团围住，明晃晃的手电筒光束交织在一起，刺得他连眼睛也无法睁开。

铁人Q犹豫了片刻，被明智大侦探一把抓住。

"别走，我还有话要对你说！你制造假象，让人们真以为你就是机器人，而且是那个怪老人发明的。可事实上，你根本就不是什么机器人，而是一个戴着机器人面具的人。你贼心不死，总是伺机兴风作浪，让整个社会不得安宁。

"且说铁人Q吧，其实也有两种类型，一种是真机器人，另一种是假机器人，就是你二十面相化装的。那个怪老人呢，根本就没上什么岁数，是你自己化装的。你一会化装成怪老人，一会戴上面具化装成铁人Q。

"不过，化装成铁人Q的不光是你，还有你的部下。当白发老人与铁人Q同时出现的时候，那铁人Q就是你的部下化装的，而白发老人就是你。你企图以此来转移我们的视线，把我们的侦查引向歧途。那个乘坐电梯随大气球升空溜走的，也是你的部下。趁大家注意力集中在大气球的时候，你便化装成老人翻越别墅后面的围墙逃跑。

"处心积虑的你，又是制作妖怪别墅，又是在电影胶卷上恶作剧。你实施这种常人难以想象的

计划，天底下也只有二十面相！当我说'你们团
伙的首领就是二十面相'时，你的司机被吓得目瞪
口呆，没想到首领竟是一个十恶不赦的大坏蛋。于
是，他们统统向我交代了。现在，你该明白了吧。
喂，二十面相，这回你是跑不了了！"

"嘻嘻嘻……真不愧是天下第一的大侦探，什
么都一清二楚。不错，我是二十面相！你打算怎么
办？"

"把你交给警方。"

"嘻嘻嘻……那不可能。"

"那你又留一手了？"

他俩面面相觑，相互怒视。

"就是它！"

铁人Q使劲甩开明智大侦探的大手，扑向少年
侦探团的包围圈。他拳打脚踢，左突右冲，终于冲
出了一条逃亡之路。

少年侦探们手持雪亮的手电筒，紧追不舍，由
于这是一大片空地，手电筒逐渐失去了作用。

铁人Q忽左忽右，在空地上疯狂逃窜，空地上

顿时混乱起来。

"瞧！他在那里，朝我们这边跑来了。"

少年侦探们奋力追赶，大声喊叫。

忽然，铁人Q从黑暗中慢悠悠地朝这边走来，不再奔跑。

"哇！"

少年们迎面猛扑上去。

铁人Q与少年侦探们展开了面对面的搏斗。

不管怎么说，少年侦探毕竟有三十多个，即便铁人Q长着三头六臂，也不可能一一制服人多势众的少年们。

铁人Q被少年们推推搡搡的，扑通一下倒在地上。于是，前面的少年被绊倒在铁人Q的身上，走在后面的也倒了并压在了铁人Q的身上。

"喂，别再往上压了！疼死我了！快别压了！"

第一个压在铁人Q身上的少年大喊大叫，额头上沁出了豆大的汗珠。铁人Q倒在地上则犹如死去一般，一动不动的。

大伙纷纷爬起来，站在铁人Q的旁边。

"怎么搞的？这家伙不是人！"

一个少年惊叫起来。

倒在地上的铁人Q，此刻已经自动地开膛破肚了，许多大小齿轮，纷纷滚落到地上。

怎么回事？明智大侦探好不容易抓到了二十面相，怎么又消失了？按理说，大侦探不会失手的。可恶的二十面相，肯定又玩了新的花招。

空中激战

"啊，这家伙不是人！是机器人！"

少年侦探们不约而同地叫起来，这个机器人的体内什么也没有，尽是一些齿轮。

"这确实是机器人，而刚才逃走的家伙确实是人，确实是二十面相。可他躲到哪里去了？也不知是什么时候，这个机器人居然神不知鬼不觉地代替了二十面相。不过，大伙千万别着急，真正的铁人Q会露面的。"

明智大侦探胸有成竹地说。

不一会儿，明智大侦探的预测果然应验了。

原来，二十面相化装的铁人Q逃跑时，从附近的大洞穴里取出一个相同模样的机器人，依靠齿轮转动让它向着少年们走去，自己则钻入洞里逃走了。

洞穴直通二十面相的大本营，他原打算将绑架的浅野行夫，从这里带到自己的老巢并软禁起来。出乎意料的是，行夫少年被明智大侦探救走了，眼下他只能抱头鼠窜。

潮湿而又阴暗的洞穴里，只能用手摸着前进，刚走完大约五米的路程，他突然站住不走了，洞穴深处有三只闪闪发亮的大眼睛朝这里靠近，难道是三只眼怪物？

不，不是怪物！好像是三个人，他们正握着手电筒朝这里走来。

"是敌人？还是自己人？"

二十面相摆出迎战的架势。

洞穴深处是二十面相的贼窝，那里有他的许多部下。这三个人，会不会是自己的部下来迎接自己的？

不对！左边是手电筒，右边好像是手枪。呵，黑洞洞的枪口不偏不倚地瞄准着自己。

"你们是什么人？"

"啊哈哈哈……让你受惊了！我们是小林团长领导的少年侦探。你的老巢在哪里，我们早就了如指掌了。你的那些部下，已经被中村警部一网打尽了。你现在是光杆司令了，快老老实实地向后转，到洞外去吧，我们奉明智先生的命令，在这儿已等候你多时了。"

少年侦探们一边说，一边持枪朝二十面相紧逼，二十面相急忙转身，眼下只能再回到洞口了。

这三个少年在少年侦探团里，不仅勇敢，而且力大无穷，被大家称为大力士。他们都是初中二年级学生，一个叫山本，一个叫酒井，还有一个叫清水。

洞穴外边的草丛里，趴着两个少年侦探。他俩之间有一个五米左右的绳索，距离地面的高度约三十厘米，绳索的两端，被他俩的双手紧紧拽着。

忽然，二十面相出现了，从洞穴里仓皇逃出，他只顾看前方，没有注意到草丛里竟然有一根绷紧的绊索。扑通！二十面相被绊倒了，摔了一个嘴啃泥，疼得他直叫唤。

哇！草丛里又涌出许多少年侦探，一个个压在他的身上。这一回，被压在底下的是真的二十面相。

根据以往的教训，眼下还不能算作最后的胜利。二十面相无论在什么紧急关头，总有使不完的绝招。

洞穴周围，有几棵参天大树。

大树旁边站着两个少年，按照明智先生的吩咐，现在是冒险的时候了！

"准备好了吗？一定要全力以赴！如果二十面相在空地上被抓，那是最好不过的了，可万一逃走，就要看我们俩了。如果让他从我们俩手里逃走了，回去可就不好交代了！"

小林提醒道。

"我明白，保证完成任务！我已经练习好长时间了，再说这家伙的马力也大，二十面相绝对跑不了！"

井上一郎胸有成竹的样子，他喜欢拳击，自幼就跟拳击运动员的爸爸学习拳击。

马力是指什么？难道是指体力！可衡量体力的单位名词，也不是马力呀！总之，不管怎么说，井上再厉害也毕竟是少年，未必能战胜二十面相。可偏偏……

瞧，两个人的动作开始奇怪起来。

他们朝树林里的两棵醒目的大树跑去，他们之间的距离也开始拉大。

两个人都是爬树高手，很快便消失在枝叶茂密的树梢上。

他俩爬到树上打算干什么？

且说被少年们压在身上的二十面相，装作受重伤的模样摇摇晃晃地爬起来。突然，他一个转身将少年侦探们一起推倒在地上，朝树林里飞奔而去。

众少年紧随其后，二十面相怎么跑也甩不掉身后的"尾巴"。当他刚跑到一棵大树下面的时候，又被少年侦探们里三层外三层地围住了。

可二十面相没有突围的迹象，而是像猴子一样爬起树来。二十面相不仅擅长化装，还擅长爬树。

一会儿，他的身影消失在枝叶茂密的树梢上。

"让他爬吧！我们不必跟着爬，再等一会儿，树梢上就有好戏看了，大伙快瞧！"

少年侦探们的背后，是明智大侦探在说话。他走到刚才那个洞穴边上吹起了哨子，好像是发信号。

于是，洞穴里跑出两个警察，抬着一台小型探照灯，探照灯的屁股上拖着电线，可能接通了二十面相地下窝点的电源。

"我是故意让二十面相爬到树上去的！然后呢，让他提心吊胆，让他魂不守舍。别着急，马上就有好戏看了，别错过机会啊！"

明智大侦探微笑着说。

不久以后，二十面相躲藏的树梢上传出奇怪的响声。

瞧！二十面相的背上系有飞行器，飞行器上面装有可以飞上天空的螺旋桨，他事先把这个飞行器隐藏在树梢上，以防万一。

"打开探照灯！"

明智大侦探一声令下，探照灯光射向大树周围的天空。

瞧！二十面相在飞行，他身上的螺旋桨在疯狂地旋转，朝空中飞去。这种小型飞行器虽然飞不远飞不高，却能轻易摆脱追兵。

探照灯光始终与空中飞行的二十面相形影不离，化装成铁人Q的二十面相，在探照灯的照耀下，犹如一片白云在空中飘浮。

突然，其它大树的树梢上也传出与刚才相同的声音。

附近的两棵大树上，向上飞出两个黑影，朝二十面相飞去。

探照灯光转了起来，也照亮了那两个黑影。

瞧！那是小林和井上，他俩与二十面相一样，背着装有螺旋桨的飞行器，在天空中翱翔。

亲爱的读者，精彩的空战开始了！小林、井上与二十面相扭成一团，场面变得激烈起来。

曾记否，明智大侦探在破获"宇宙怪人"一案中，缴获了二十面相事先藏在大树上的飞行器。事后，他委托某大型飞机制造公司改良"战利品"。经过技术改造后的飞行器，比原来的马力高出好几倍，飞行性能也强于原来的。为支持少年侦探的事业，该公司还仿制了一套飞行器。

小林和井上在飞行员的指导下，进行了刻苦的飞行训练，掌握了高超的飞行本领。

二十面相藏在树上的飞行器被明智大侦探缴获后，又不知从哪里弄来了相同的飞行器。但马力与原来的没有什么区别，飞行性能也明显落后于小林和井上的飞行器。

这个时候，探照灯光紧跟着二十面相，照得他眼花缭乱，不时地揉着眼睛，这样有利于小林和井上的"重拳出击"。

一会儿，灯光里出现了一根细细的绳索，前端是一个打活结的圆圈。那是绳套，小林擅长扔绳套，而且百发百中。

绳套朝二十面相背后的螺旋桨飞去。

螺旋桨被绳套缠住了，失去飞行动力的二十面相，快速地朝地面坠落。

"哇！"

众少年高兴得喊了起来，你追我赶地向着猎物扑去，长时间化装成铁人Q的二十面相，再也逃不了了！

两个警察走到被少年侦探们围住的二十面相跟前，将铮亮的手铐戴在了他的手腕上，再用很粗的绳索将他绑得严严实实的。警察们抬头的抬头，抬脚的抬脚，把二十面相抬到警车里。

终于，少年侦探团获得了最后的胜利！三十多个少年侦探相互拥抱在一起，不停地高呼着。

"少年侦探团万岁！万岁！"

欢呼声穿过黑夜，飞向一望无际的宇宙。

江户川乱步年谱

1894年　出生

本名平井太郎，10月21日出生于三重县名张市，为家中长子。父平井繁男，时任名贺郡官府书记员。母平井菊。

1897年　3岁

因父亲工作调动，举家搬迁至名古屋市。

1901年　7岁

4月，进入名古屋市白川寻常小学就读。

1903年　9岁

《大阪每日新闻》连载菊池幽芳的《秘密中的秘密》，母亲每晚都会念给他听，从此对侦探故事萌生了极大兴趣。

1905年　11岁

4月，进入市立第三高等小学。协助父亲采用胶版誊写版印刷和发行少年杂志。二年级时喜欢上了押川春浪的武侠冒险小说。

1907年　13岁

4月，升入爱知县立第五初级中学。读到黑岩泪香的《岩窟王》，印象特别深刻。

1908年　14岁

其父开设平井商店，主营进口机械的贸易销售，兼营外国保险代理和煤炭销售业务，并采购全套铅字，印刷和发行《中央少年》杂志。秋天，开始在学校附近租借宿舍，独立生活。

1910年　16岁

与要好同学坐船到中国的东北地区旅行。

1912年　18岁

3月，初中毕业。因喜欢出版事业，与同学到处奔走、筹备。6月，其父开设的平井商店破产倒闭。由于失去了学费来源，没有继续上高中。随父亲坐船到朝鲜马山，从事垦荒和测量工作。8月，只身赴东京勤工俭学，以优异成绩考入早稻田大学预备班，白天上学，晚上寄宿在东京都本乡汤岛天神町的云山印刷厂，逢休息日打工。12月，迁到春日町借宿，业余时间靠誊写挣钱。

1913年　19岁

春，与祖母在东京牛込喜久井町生活，重读黑岩泪香等著名作家写的侦探小说。曾计划印刷和发行《少年新闻报》。8月，预备班毕业，考入早稻田大学经济学专业学习。

1914年　20岁

春，与同学创办《白虹》杂志，利用业余时间阅读爱伦·坡、柯南·道尔等英国作家的短篇侦探小说。为了阅读侦探小说，辗转于各大图书馆，所做的笔记装订成册，称为《奇谈》。

1915年　21岁

其父回国供职于某保险公司，在牛込与全家一起生活。继续阅读外国侦探小说，并悉心研究"暗号通讯文书"的由来、规则和特点。

1916年　22岁

8月，毕业于早稻田大学经济学专业，入职大阪府贸易商加藤洋行。

1917年　23岁

5月，从加藤洋行辞职，在伊东温泉开始阅读谷崎润一郎的作品《金色之死》，执笔撰写电影评论文章。11月，入职三重县鸟羽造船厂电机部，参与内部杂志《日和》的编辑。

1918年　24岁

4月，其父再赴朝鲜工作。与鸟羽造船厂的同事组织"鸟羽故事会"，在各剧场、小学巡回。冬，在坂手村小学结识村上隆子。

1919年　25岁

辞职到东京。2月，与两个弟弟在东京本乡驹込町经营一家旧书店"三人书房"。7月，在书店二层编辑《东京PACK》杂志。11月，开设中华面馆。同年，与村上隆子成婚。

1920年　26岁

2月，入职东京市政府社会局。10月，关闭旧书店，入职大阪时事新报社，担任记者，经常与井上胜喜谈论侦探小说，开始撰写《二钱铜币》。

1921年　27岁

3月，长子平井隆太郎诞生。4月，在东京担任日本工人俱乐部书记。

1922年　28岁

8月，辞职后回到大阪府外守口町的父亲家，与父亲一起生活。9月，《二钱铜币》《一张收据》完稿，正式向某杂志社投稿，但未被采用。不久，改投《新青年》杂志，经审定采用。12月，入职大桥律师事务所。

1923年　29岁

4月，《二钱铜币》在《新青年》刊载，小酒井不木博士长文推荐。7月，《一张收据》在《新青年》刊载，辞去大桥律师事务所工作，入职大阪每日新闻社广告部。

1924年　30岁

4月，关东大地震，全家迁回大阪。7月，在《新青年》发表《二废人》。10月，在《新青年》发表《双生儿》。11月底，离开大阪每日新闻社，成为职业作家。

1925年　31岁

1月，在《新青年》增刊发表《D坂杀人事件》，名侦探明智小五郎首次登场。到名古屋拜访小酒井不木。之后，到东京拜访森下雨村，结识《新青年》派作家。2月，在《新青年》发表《心理测验》。3月，在《新青年》发表《黑手组》。4月，在《新青年》发表《红色房间》，与春日野绿、西田政治、横沟正史等作家发起创建"侦探兴趣协会"。5月，在《新青年》发表《幽灵》。7月，在《新青年》发表《白日梦》《戒指》。8月，在《新青年》增刊发表《天花板上的散步者》。9

月，在《新青年》发表《一人两角》，在《苦乐》发表《人间椅子》；其父逝世。10月，成立"新兴大众文艺作家协会"。

1926年　32岁

发表侦探小说《噩梦塔》（直译名《幽鬼之塔》）等多篇作品。12月，在《朝日新闻》上连载《畸心人》（直译名《侏儒法师》）。

1927年　33岁

3月，停笔，与妻平井隆子开设"宿舍租借有限公司"。不久，独自外出旅行，到日本海沿岸、千叶县沿岸等地；10月，到京都、名古屋等地；11月，与小酒井不木、国枝史郎、长谷川伸和土师清二等人创建大众文艺民间合作组织"耽绮社"。

1928年　34岁

3月，出售早稻田大学附近的宿舍。4月，买下东京户塚町源兵卫一七九号的房屋。同年，发表《丑角师》（直译名《地狱丑角师》）。

1929年　35岁

1月，在《新青年》发表《噩梦》。6月，发表处女随笔《恶魔王》（直译名《恐怖的魔王》）。8月，在《讲谈俱乐部》连载《蜘蛛男》。

1930年　36岁

5月，改造社出版《孤岛之鬼》。7月，在《讲谈俱乐部》连载《魔术师》。9月，在《国王》连载《黄金假面》。10月，讲谈社出版《蜘蛛男》。

1931年　37岁

5月，平凡社出版《江户川乱步选集》13卷。同年，出版《迷重重》(直译名《钟塔的秘密》)、《暗黑星》和《邪与恶》(直译名《影男》)。

1932年　38岁

3月，停笔，带全家外出旅游，先后到过京都、奈良、近江等地。

1933年　39岁

1月，加入大槻宪二创建的"精神分析研究会"，每月出席例会，并为该会《精神分析杂志》撰稿。4月，长子平井隆太郎升入大阪府立第五初中学校。同年，好友山本直一辞去博物馆工作，担任江户川乱步的助手。12月，在《国王》连载《红蝎子》(直译名《红妖虫》)。

1934年　40岁

发表《恐吓信》(直译名《魔术师》)、《黑天使》和《不归路》(直译名《死亡十字路》)。

1935年　41岁

1月，平凡社陆续出版《江户川乱步杰作选》12卷。6月，春秋社出版《人间豹》。9月，编写《日本侦探小说杰作集》，由春秋社出版，并发表长篇评论文章。

1936年　42岁

1月，在《讲谈俱乐部》连载《绿衣人》；在《少年俱乐部》连载《怪盗二十面相》。5月，春秋社出版评论集《鬼的话》。12月，讲谈社出版《怪盗二十面相》。

1937年　43岁

1月，在《讲谈俱乐部》连载《噩梦塔》（直译名《幽鬼之塔》），在《少年俱乐部》连载《少年侦探团》。战争爆发后，政府当局对于出版物的审查越来越严格，江户川乱步的所有小说被禁止出版发行，不得不停止撰写侦探小说。为了生活，江户川乱步借用别名为少年儿童撰写探险小说。后来，当局只允许江户川乱步撰写防谍反特小说，在杂志和报纸决定连载前，必须经过外交部、内务部、警视厅和宪兵机构的联合审查，达成一致意见后方可使用江户川乱步的名字刊登。由于公开抗议，被勒令停止写作，结果只写了一部小说。

1938年　44岁

1月，在《少年俱乐部》连载《妖怪博士》。3月，讲坛社出版《少年侦探团》。4月，新潮社出版《噩梦塔》。9月，新潮社出版《江户川乱步选集》10卷。

1939年　45岁

1月，在《讲谈俱乐部》连载《暗黑星》，在《少年俱乐部》连载《蒙面人》。2月，讲谈社出版《妖怪博士》。

1940年　46岁

2月，讲谈社出版《蒙面人》。7月，因心脏不适住院治疗。10月，与同人创立"大政翼赞会"。

1941年　47岁

7月，非凡阁出版《噩梦塔》。12月，任东京池袋丸山町防空会长。

1942年　48岁

任东京池袋北町会副会长，以"小松龙之介"的笔名连载《聪明的太郎》。

1943年　49岁

与著名作家井上良夫书信往来，交流对欧美侦探小说的看法。8月，开始连载科幻小说《伟大的梦》。11月，东京大学文学部在读的长子平井隆太郎被征召入伍，为其举行送别会。

1944年　50岁

出任行政监察随员助手，后在町会领导下开设军需品加工厂生产皮革制品。

1945年　51岁

4月，家属被疏散到福岛，自己则只身留在东京池袋，继续担任町会副会长。6月，因病被疏散到福岛。8月，在病床上听到裕仁天皇宣布无条件投降，平井隆太郎从土浦飞行队退役。11月，举家迁回池袋。

1946年　52岁

6月，倡议成立"侦探小说星期六研讨会"，每月开一次例会。

1947年　53岁

6月，"侦探小说星期六研讨会"更名"侦探作家俱乐部"，被选举为第一届主席。11月，到关西等地演讲，普及和推广侦探小说。没有新作问世，但旧作再版达31部。

1949年　55岁

1月，在《少年》连载《青铜怪人》。6月，再度当选侦探作家俱乐部会长。11月，光文社出版《青铜怪人》。

1950年　56岁

1月，在《少年》连载《虎牙》。3月，在《报知新闻》连载《断崖》，为战后首部短篇侦探小说。12月，光文社出版《虎牙》。

1951年　57岁

1月，在《趣味俱乐部》连载《恐怖的三角馆》，在《少年》连载《透明怪人》。5月，岩谷书店出版评论集《幻影城》。12月，光文社出版《透明怪人》。

1952年　58岁

1月，在《少年》连载《怪盗四十面相》。3月，评论集《幻影城》荣获侦探作家俱乐部授予的"第五届优秀侦探小说勋章"。7月，辞去侦探作家俱乐部会长一职，任名誉会长。12月，光文社出版《怪盗四十面相》。

1953年　59岁

1月，在《少年》连载《宇宙怪人》。12月，光文社出版《宇宙怪人》。

1954年　60岁

1月，在《少年》连载《塔上魔术师》。10月，日本侦探作家俱乐部、东京作家俱乐部和捕物作家俱乐部联合主办"江户川乱步六十大寿庆典"，会上正式设立"江户川乱步奖"。《别册宝石》第四十二期杂志作为

"江户川乱步六十周岁纪念特刊"，《侦探俱乐部》十二月号杂志也作为"乱步花甲纪念特刊"。著名作家中岛河太郎编纂和发行《江户川乱步花甲纪念文集》。11月，映阳堂出版《江户川乱步选集》10卷。12月，光文社出版《塔上魔术师》。

1955年　61岁

1月，在《趣味俱乐部》连载《影男》，在《少年》连载《海底魔术师》，在《少年俱乐部》连载《灰色巨人》。5月，举行首届"江户川乱步奖"颁奖仪式。11月，在三重县名张市举行"江户川乱步诞生地"树碑庆贺仪式。12月，光文社出版《海底魔术师》《灰色巨人》。

1956年　62岁

1月，在《少年》上连载《魔法博士》，在《少年俱乐部》上连载《黄金豹》。1月24日，"日本翻译家研究会"成立，出任研究会顾问。2月，出任"日本文艺家协会语言表述问题专业委员会"委员。4月，发表《英文翻译侦探小说短篇集》。8月，接任《宝石》杂志主编。11月，光文社出版《马戏团里的怪人》《魔法人偶》。

1957年　63岁

1月，在《少年》连载《夜光人》，在《少年俱乐

部》连载《奇面城的秘密》，在《少女俱乐部》连载
《塔上魔术师》。12月，光文社出版《夜光人》《奇面城
的秘密》《塔上魔术师》。

1959年　65岁

1月，在《少年》连载《假面具背后的恐怖王》。11
月，桃源社出版《欺诈师与空气男》，光文社出版《假
面具背后的恐怖王》。

1960年　66岁

1月，在《少年》连载《带电人M》。4月，出任东
都书房《日本侦探推理小说大集成》编辑委员。

1961年　67岁

4月，成为文艺家协会名誉会员。7月，出席"江户
川乱步从事侦探小说创作四十周年庆典"，桃源社出版
《侦探小说四十年》。10月，桃源社出版《江户川乱步
全集》18卷。11月3日，荣获日本政府颁发的"紫绶褒
勋章"。

1963年　69岁

1月，"日本侦探作家俱乐部"升格为社团法人"日
本推理作家协会"，被一致推选为第一届理事长。8月，
再次当选，坚辞不受，亲自提名松本清张接任第二届理
事长。

1965年　71岁

7月28日，突发脑出血逝世，戒名智胜院幻城乱步居士。获赠正五位勋三等瑞宝章。8月1日，在青山葬仪所举行日本推理作家协会葬，墓所位于多摩灵园。

译后记

　　我1981年8月考入宝钢翻译科从事翻译工作，1982年初开始从事日本文学翻译，1983年2月首次发表日本文学译作。四十余年来，我一直致力于中日民间文化交流，尤其是翻译了日本推理文学鼻祖江户川乱步的作品全集，由衷地感到欣慰和满足。

　　《江户川乱步全集》共46册，数百万言，历经数个寒暑才翻译完成。回首往事，第一天坐在桌案前写下第一行译文的情景仍历历在目。为了解江户川乱步的创作思想、创作背景和准确把握作品的神韵，除反复阅读其所有小说作品外，我还遍览《侦探推理文学四十年》《乱步公开的隐私》《幻影城主》《奇特的立意》和《海外侦探推理文学作家和作品》等乱步的随笔和评论集。并专程去了坐落在东京丰岛区池袋的江户川乱步故居考察，到日本国家图书馆查阅了有关江户川乱步的许多资料。

为了让更多的人了解江户川乱步，我在《新民晚报》先后发表了《江户川乱步，日本侦探推理文学的先驱》《日本的福尔摩斯》《江户川乱步的起步》《徜徉少年大侦探系列》《徜徉青年大侦探系列》，接受了腾讯视频、东方电视台、《上海翻译家报》、沪江网、日语界以及日本青森电视台、《东粤日报》、《朝日新闻》、《产经新闻》、《中日新闻》的相关采访。

鲁迅说："伟大的成绩和辛勤劳动是成正比的，有一分劳动就有一分收获。日积月累，从少到多，奇迹就可以创造出来。"我历经数年辛劳翻译的这版《江户川乱步全集》，2004年4月被乱步故里日本名张市政府收藏，2020年10月又被日本驻上海总领事馆收藏，并荣获国际亚太地区出版联合会

APPA翻译金奖，其中的"少年侦探团系列"荣获国家新闻出版总署优秀少儿图书三等奖。

江户川乱步可以说是日本推理文学的代名词，江户川乱步奖是推动日本推理文学作家辈出的巨大动力，《江户川乱步全集》是世界侦探推理文学的瑰宝。希望通过这套《江户川乱步全集》，可以让更多的读者共同享受推理文学的乐趣。

2021年元旦于上海虹桥东华美寓所

图书在版编目（CIP）数据

铁人Q /（日）江户川乱步著；叶荣鼎译. --济南：山东
画报出版社，2021.4
（江户川乱步全集·少年侦探团系列）
ISBN 978-7-5474-3879-4

Ⅰ.①铁… Ⅱ.①江… ②叶… Ⅲ.①儿童小说－侦探小说－
日本－现代 Ⅳ.①I313.84

中国版本图书馆CIP数据核字（2021）第055699号

TIEREN Q
铁人Q
〔日〕江户川乱步 著　叶荣鼎 译

责任编辑 姜　辉
装帧设计 Pallaksch

出 版 人 李文波
主管单位 山东出版传媒股份有限公司
出版发行 山东画报出版社
社　　址　济南市市中区英雄山路189号B座　邮编 250002
电　　话　总编室（0531）82098472
　　　　　市场部（0531）82098479　82098476（传真）
网　　址　http://www.hbcbs.com.cn
电子信箱　hbcb@sdpress.com.cn
印　　刷 山东新华印务有限公司
规　　格 787毫米×1092毫米　1/32
　　　　　6.75印张　100千字
版　　次 2021年4月第1版
印　　次 2021年4月第1次印刷
书　　号 ISBN 978-7-5474-3879-4
定　　价 36.00元

如有印装质量问题，请与出版社总编室联系更换。